僕とぼく

妹の命が奪われた「あの日」から

川名壮志
Kawana Soji

新潮社

目次

僕

ぼく

ぼく

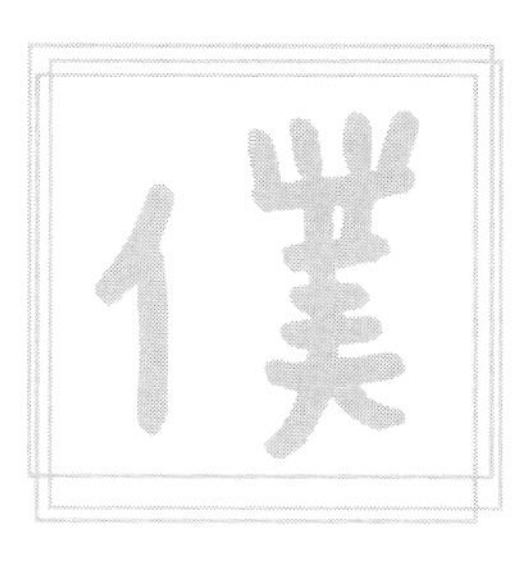

プロローグ

こんなに気味の悪い部屋が、校舎の内（なか）にあったなんて。

窓のないその部屋は、日の光が射しこまなくて、昼間なのに薄暗い。

蛍光灯の灯（あか）りが、校長先生や担任の先生の顔を、人形みたいに青白く見せている。

「御手洗（みたらい）、校長先生から話がある」

狭い部屋に集まった大人たちが、授業中に呼び出されたぼくを取り囲む。

あれ？　ぼく何か悪いことしたっけ？

ぼくに向けられた大人たちの視線が、突き刺さる。

ぼく、何か悪いことしたっけ？

思い当たることなんて、全然ない。

「これ、読んで」

しばらくすると、正面のソファに腰をおろした校長にＡ４の紙ぺらを手渡された。

「Yahoo! ニュース」のコピー。


言葉が何も出てこなかった。

なぜなら、記事には怜美(さとみ)の名前があったから。


ぼくと怜美が交わしたちいさな「秘密」を、先生たちも、親父さんも、兄貴も知らない。

そして、ぼくのおかあさんは知る由もなかった。

ぼくはその秘密を、だれにも見つからないように、心の奥にしまいこんだ。がんじょうなカギをかけて。


あの日。

妹が死んだことを、14歳のぼくは Yahoo! ニュースのコピーで知った。

プロローグ

僕はまだオトナになんて、なりたくない。
長男だから？　弟やさっちゃんとは、年が離れた兄貴だから？
知らんよ、そんなん。なんでそんなしょうもない理由で、オトナにならないかんの？
お袋がいないことなんて、関係ない。
そんな理不尽、僕は納得せん。
長男失格？　誰が決めたん？　そんなこと。
さっちゃんにも、弟にも悪いけど、絶対にオトナになんかならへんぞ。

そう思って、僕は揺るがなかった。
そして、お袋はもちろん、親父や弟やさっちゃんのことだって、すっかり忘れて遊びほうけていた。

でも、あの日。

長崎に向かう僕を乗せて走り出した新幹線「のぞみ」の車内。

レンタルビデオ屋のアルバイトに行かずに飛び乗った新幹線で、電光掲示板に流れる文字が目に飛びこんできたんだ。

オレンジ色に発光したニュース速報。


さっちゃん、ごめん。

僕のせいや。

僕が逃げんかったら、こんなことにはならんかった。

さっちゃん、ごめん。

御手洗兄弟と御手洗恭二氏に感謝します。

僕とぼく　妹の命が奪われた「あの日」から

僕（ぼく）　アイドル誕生

さっちゃんが家にやってきた

バスケットボールみたいにパンパンにはち切れそうなお腹に耳をあてると、ブルブルブルッて、お袋の皮膚が小さく波打った。

うわっ、ちっちゃな足が、僕のほっぺたをけっとばした。

「赤ちゃんが遊んでって言ってるんよ。アンタももう8歳やけん、たくさんかわいがって、面倒みてあげるんよ」

真ん丸のお腹をなでながら、お袋が笑ってる。


僕のたったひとりの妹、さっちゃん（怜美（さとみ））が生まれたのは、小学校3年生のときだ。生まれたてのさっちゃんは、おくるみに包まれて、お袋に抱っこされて、福岡の集合団地に住む我が家にやってきた。目をつぶってて、ちょっとだけ生えた前髪はサラサラで、手も足もぷにぷにしてる。

御手洗家にとって、はじめての女の子。待ちに待った、「娘」の誕生だ。

このときのウチの家族のはしゃぎようといったら、まるでお祭り騒ぎ。山笠(やまかさ)祭りとクリスマスがいちどにやって来て、お袋も親父も、僕と弟の手を取って、さっちゃんを囲んでマイムマイムを踊り出しそうな勢いだった。

もちろん僕もうれしかったけど、なかでも親父の喜びは特別。

ふだんは威厳を保ったカタブツ気取りの親父なのに、このときばかりは人目もはばからず、こぼれるような笑顔を見せて、それはそれはうれしそうにしてた。喜びがあふれ出ちゃって、どうにも隠せませんって感じ。もともと親父は、第一子の僕が生まれるときから、ほんとは女の子がほしかったみたいだ。だって僕の名前を、男の子でも女の子でも、どっちでもいける名前にしたぐらいだから。

そんなわけで1992年4月20日は、生まれながらのアイドルさっちゃんの誕生日であり、御手洗家が5人家族になった日だ。

ちなみに僕が生まれたのは、さっちゃんの誕生からはるかにさかのぼった、1984年。ちょうど昭和の終わりかけのころ。親父にいわせれば、「グリコ森永事件」が世間を騒がせた年だそうだ。

ウチの親父は新聞記者だ。いちおう全国紙ではあるんだけど、親父の縄張りは、とことん九州。

新米の記者として長崎支局ではたらいてたときに、お袋に出会って、そのまま結婚したらしい。親父、まだ社会人駆け出しなのに、付き合っていきなり結婚て。まだ全然半人前のはずなのに、よく結婚したな。

親父は身長が180センチを超えた巨漢で、見た目はがっしりしてるけど、実は大学時代は囲碁部で碁石をパチンパチン打ってたインドア派だ。ぶ厚いメガネをかけて、声はバリトン。動きがゆっくりしてて、大らかなところがあったから、若いころから「大人（たいじん）」って呼ばれてたんだって。そんなに見た目がいいわけでもないし、きっと大してモテなかっただろうから、ガラにもなくお袋に猛アタックしたんだと思う。

お袋もまだ短大を卒業したばかりで、保母さんになりたてだったんだけど、親父と結婚してからは、専業主婦になった。

家庭におさまったといっても、ウチのお袋は家の中でおとなしくしてるような人じゃ全然なかった。お袋も背が170センチぐらいあってデッカくて、学生時代は女子バレーのエースだったという、いわゆる体育会系。あっけらかんとした明るいノリがあって、どこにいってもすぐになじんで、気づくと人の輪の中心にいるような、そんなタイプだ。

うちは転勤族だから、僕が生まれてからわりとすぐ、長崎から鹿児島の団地に引っ越したんだけど、お袋はそこでも、いつのまにか団地の〝ビッグママ〟になっていた。

「ケンジ君もタカヒロ君も、今日はうちで昼ご飯食べていきー」

お袋にとっては団地全体がでっかい家族みたいで、狭い部屋に上がりこんだ僕の友だちみんな一緒に、うどんとかチャーハンとかを食べさせてた。

もちろん家のカギは開けっぱなし。僕がいない間にも、友だちが勝手に入ってくるんだけど、おかまいなし。それどころか、転がりこんできたよその子のオムツを替えてあげたりもしてたらしい。ときには団地のママさんたちを招いて、ちっちゃなパーティーを開いたり、団地内の子ども会をしきったり。そんなお袋は、僕の友だちからも、友だちのお母さんからも人気があった。

それにしても、誰からも好かれるお袋が、なんでわざわざ、あのぶきっちょな親父を選んだんやろ?


まあ、そんな親父とお袋の恋のなれそめは、もちろん後から聞いた話で、このころまだ小さかった僕には、オトナたちの世界なんて目に入るわけがない。

お袋が僕を連れてスーパーに買い物に行けば、自動ドアが開いた瞬間に走り出して迷子になるし、別の日にはお店に入ったとたん、いきなり若い女性の店員さんをつかまえて、「僕、パンパース買いに来ました」ってあいさつしてたらしい。

「アンタは口から生まれてきたとよ。どこに行っても、ようしゃべりよったばい」

僕のばあちゃんである通称〝ママさん〟も、しょっちゅう笑ってた。

家族からしたらエピソードに事欠かない僕の幼児期だけど、とりわけ苦笑いされるのが、ジャングルジムの話だ。

団地の公園にそびえ立つジャングルジム。たしか真っ赤な鉄パイプ製だったかなあ。当時の僕の背丈からみたら、もう、のけぞって見上げるくらい高い。そこにヨチヨチとよじ登っては、僕はそのてっぺんでウンコをしてた。ジャングルジムのてっぺんに座って、紙オムツのなかに、ブリッ、ブリッ、ブリッと。

なんでそんな場所でウンコしたいんか、よくわからんけど、それが僕の恍惚の瞬間だったらしい。そう、僕の「ウンチブリブリ事件」。

「あっ、ウンチ！　奥さん、また登りよるよ～！　オムツ替えてあげんば!!」

ジャングルジムの頂上で、よつんばいになって踏ん張ってる僕をみつけては、団地のおばさんたちが、お袋に声をかけてたっていう……、まるで冗談みたいな、本当の話。

もしかしたらお袋やママさんが話を盛って、面白おかしくしてるのかもしれないけど、まあ、それだけ僕が親を手こずらせてたってことなんだろう。

そうそう、僕には、6つ下に弟もいる。

福岡に引っ越してきて、弟が生まれたとき、僕はもう小学校に上がる手前だった。生まれたばかりの弟のオムツをテキパキと替えてやったりして、一丁前(いっちょまえ)に世話をしてた。もうオムツ替えまでマスターしてたってこと。ジャングルジムのてっぺんでご満悦だったときから比べると、エラく成長したってことだ。

ちなみに元気でアホな僕に比べて、弟はちっちゃいときから正反対。口の減らない僕とはちがって、ちょっと人見知りで物静か。けど、言葉を覚えはじめたころ、アイツが親父の顔を見て、何でかわからんけど「ゴウガー」「ゴウガー」って呼んでは、うれしそうに笑ってた。

滑舌が悪いのか、それとも耳が悪いのか、「オトウサン」と「ゴウガー」って、まったく似てないのに。でも、そんなうまくしゃべれん弟が、何かかわいかった。


6つ下の弟と、9つ下のさっちゃん。

我が家にやってきたさっちゃんを、親父はさっそく抱きあげて離そうとしないし、お袋は、カメラのシャッターを押しっぱなしだ。その横で、弟はふしぎそうな顔をしてる。

このぶんだと、お袋の目がちっちゃい2人に集中するのはまちがいない。でも僕にとっては、それはかえって好都合なんだ。


よし、外で遊んでこよ！

彦星になりそこねたぼく

「おかあさんがいる病院に何度も通ったんよ。待ちに待った女の子やったけんね」

おかあさん方（かた）のおばあちゃん、通称「大村のママさん」は、怜美が生まれたときの思い出話を、ことあるごとにぼくに話して聞かせる。

たぶん娘のいるどこの家にもありがちな平凡なエピソードなのに、ママさんの語り方は、まるでとっておきの誕生秘話を持ち出すときのそれだ。ぼくや兄貴が生まれたときのことなんてたいして話題にもしないのに、怜美のことだけは、話すときの感情のこもり方が、あからさまに違う。

生まれてきたという事実だけなら、ぼくや兄貴とたいして変わらないのになぁ。男の子か女の子か。そこはママさんだけじゃなく、おかあさんにとっても、親父さんにとっても、決定的な違いだったみたいだ。

「おかあさんも、おとうさんも、さっちゃんを抱っこする順番でけんかしたりしてたんよ。女の子やから、取り合いになるんよね」

怜美が生まれたときのことは、まだ2歳だったぼくには記憶がない。でも、ママさんから聞く話から、やっぱり御手洗家にとって特別なできごとだったことがわかる。

コンパクトカメラでおかあさんが撮った写真には、親父さんやママさんに抱かれた怜美がたくさん写っている。おかあさんは、それを丁寧にアルバムに入れていた。

怜美に比べて、ぼくはというと……。

「君が生まれてきたの、ふつうじゃなかったんよ」

おかあさんに、フフフと冗談みたいに笑われるのが、ぼくのさらにパッとしない誕生エピソードだ。

「足から生まれてきてね、頭なかなか出てこなかったんよ」って。

いわゆる逆子(さかご)ってやつだ。陣痛もそうとう長かったみたい。

「もうちょっとがんばって、あと1日早く生まれてくればよかったのにねぇ」

僕のお産が話題になると、いつもおかあさんにクスクス笑われた。

ぼくの誕生日は、1989年の7月8日。ちょうど七夕の翌日だ。おかあさんは、織姫(おりひめ)と彦星の縁起のいい日に合わせてぼくを産もうと、いっしょうけんめい病院のベッドで唸っていたみたい。予定日も重なっていたし、陣痛もちょうど7日の朝には始まっていた。昼過ぎには「もういつ生まれてもおかしくない」状態だったみたいなのだけれど、なかなかぼくが出てこないから、結局、時計の針が夜の12時を回ってしまって、そのちょっと後にぼくが生まれてきた。ギリギリ、タイムアウトだった。

「あとチョットだったのに。惜しかったねぇ」

おかあさんは、そう言って笑っていた。ぼくはぼくで「そんなこと言われても……」と少しくやしく思っていたのだけれど。

それにしても、ぼくが生まれたのも、怜美とおなじ福岡の九大病院だけれど、頭がずっと引っかかってなかなか出てこられなかったなんて、全然キラキラした話じゃない。怜美のように抱っこの順番を争われたわけでもないし、口から生まれた兄貴みたいな元気いっぱいのこぼれ話があるわけでもない。

家族から見たぼくの印象は、「とにかく、おとなしい」だった。

親からすれば、一人目の子どもの兄貴が腕白なタイプだったし、どうしても長男である兄貴が「子どもの基準」になってしまうのはしかたがない。次男のぼくは、ちいさいころ、少し変わった子にうつったみたいだ。

乳児のときに風疹の予防接種で腕に注射を打っても、全然泣かなくて平然としていて、「この子だいじょうぶか?」って不思議に思われたらしい。

知らない人にまで平気で話しかけていた兄貴と比べると、ぼくは2歳になっても3歳になっても、自分からおしゃべりをするタイプでもなかったから、「言葉の覚えが遅いんじゃないか」とも心配されていた。

でも、言い訳するわけじゃないけれど、ぼくだって楽しみをみつけていたんだ。

そのころのぼくのお気に入りは、プラスチック製のタッパーと、亀の子タワシ。この2つがあれば、それで満足。半透明のタッパーをひたすら、タワシでごしごし磨いているのがうれしかった。台所で、ほとんどしゃべらず黙々と。ぼくはひまさえあればタッパーを磨き上げていた。

何でそんなことに夢中になったのか覚えていないけれど、ぼくがタッパー磨きをしているときは、たいていおかあさんが流しで食器の洗い物をしているときだった。もしかしたらぼくは、おかあさんの傍(かたわ)らで洗い物を手伝っている気分になっていたのかもしれない。

兄貴は外で遊びまわっているのに、ぼくはタッパーとタワシで自分の世界に浸っていたんだから、たしかに変わった子だ。

でも、どうなんだろう。

大村のママさんは、カセットテープに孫の声を録音するのが趣味の人だった。まだCDでもMDでもない、磁気テープのラジカセの時代。そのころに録音したテープが残っていて、いつだったかそれを再生したら、兄貴がずーっとしゃべっていて、ぼくが隣でケラケラ笑っている声が聞こえた。たぶんぼくは、別に感情が人より薄かったんじゃなくて、そばにいる人の話を聞いていることや、周りの様子を見ていることの方が楽しかっただけなのだと思う。

ママさんの残してくれた声のアルバム。それを聞けば、ぼくが変わった子だけでもないことがわかるはずだ。記録って大事ってことだ。

ところで、ぼくが生まれた1989年は、親父さんがいうには「歴史が動いた年」だそうだ。ドイツでベルリンの壁がこわれて、中国の天安門という広場で大きなさわぎがあったらしい。日本では元号が変わって、お正月早々、平成がスタートした。

だからおかあさんがいうように、もし半日早くこの世の中に生まれてきたら、平成の初めての七夕が、ぼくの誕生日としてお祝いされたはずだ。お願い事だって、叶いやすかったかもしれない。そもそもぼくは、神様へのリクエストどころか、人にだってお願いができないタイプだけれど……。

やっぱりぼくは、すこしだけ残念だ。

ふたりのデートは真夜中のドクターマリオ

弟が生まれても、さっちゃんが生まれても、僕はとにかく自分のことで手一杯だった。弟もさっちゃんも、もちろんかわいいんだけど、年の離れた弟妹のことなんて気にかけてるヒマがない。

僕が住んでたのは、福岡の巨大なマンモス団地だ。10階建ての集合住宅が、カタカナの「コ」の字型に並んでて、まんなかには、でっかい広場が僕を待ってた。そこでみんなで草野球をやったり、かくれんぼしたり。

ブランコでどんだけ高くまでこげるか。メンコをぶつけ合ったら誰がいちばん強いか。さっちゃんや弟よりも、そっちの方が僕にはずっと大事だった。

遊び仲間はたくさんいたから、学校が終わるとすぐランドセルを投げ出して、行き先も言わずに「行ってきまーす！」って。日が暮れるぎりぎりまで、ひたすら外で遊んでた。

習い事も忙しくなった。

水泳は全国展開してオリンピック選手も育てた「イトマン」に通ってて、まだ小学生なのに、クロール、平泳ぎ、背泳ぎ、バタフライ、何でもやった。1日にプールで2、3キロ、気持ち悪くなるまで泳いでた。書道教室にも通った。小学生なのに初段を取って、友だちもみんなびっくりしてた。

友だちなんて、作ろうとしなくても、いつも自然にできるもの。そう思ってた僕が、まさか仲間はずれにされるなんて。

小学校4年生のときだ。また親父の仕事で引っ越すことになった。福岡から、今度は熊本へ。親父が新聞社の熊本支局に異動したからだ。

福岡では、幼稚園からずっと同じメンツで遊んできたけど、熊本では、たった一人の転入生という扱い。ゼロからのスタートだ。小学校は帯山小学校っていう、それなりに大きな学校で、1学年に5クラスもあった。

ただでさえ、よそ者扱いという不利な立場。おまけに僕の名字は「御手洗」。

まぁ、みんながイメージするのは、やっぱりアレなわけで、名前も女の子みたいだったから、入ってさっそく、いじめられた。

付いたあだ名は「ジョシベン（女子便）」。

いつの時代も、小学生ってホント非情だ。女の子を授かりたい一心だった親父の思いが、こんな形で裏目に出るなんて。

転入してからしばらくは、そんなあだ名でからかわれたり、かるく頭を小突かれたり、上履きを隠されたり。どこの学校でもきっとある、典型的な小学生いじめパターンの洗礼を受けた。

最初は、エーっ?! て怯んだ。だけど、僕だって黙ってるわけにはいかない。福岡のときみたいに、サッカーしたいし、野球もしたいし、みんなで遊びたい。仲間がおらんとチームが作れん。

「そんなんせんで、僕と遊ばん?」

僕は開き直って、からかわれても、逃げずに明るくしゃべりかけることにした。そしたら、だんだん風向きが変わってきたんだ。僕を率先していじめてきたヤツのなかにも、話してみたら案外気の合うヤツもいたし、気づいたらまた、自然と友だちが増えていた。

そして今度の学校では、文科系のクラブにも首を突っ込んだ。

親父はポップスが好きで、ユーミンとかサザンなんかをよく聴いてたけど、なんといってもお袋だ。お袋は家でピアノを弾いたり、あとビートルズが特にお気に入りで、よくレコードを流してた。

「Love Me Do」とか「HELP!」とか、明るいメロディのドーナツ盤。

お袋の影響を受けて、僕はコーラスクラブに入って、ボーイソプラノとして頑張った。

もちろん、コーラスクラブには女の子がたくさんいたから、ちょっとは下心もあったかもしれないけど……。単純に、やってみたら、歌を歌うことってむちゃくちゃ楽しかった。

それから勉強だって、なまけてない。進学塾の明光義塾に通って、めっちゃ勉強した。塾に入ってから、親父が目を丸くするくらい、成績がぐんぐん上がった。

すっかり上り(のぼ)調子(ちょうし)の僕は、さらに生徒会にも入って、6年生で生徒会長にまで選ばれた。

自分でいうのもなんだけど、いじめられっ子から、わずか2年でこの出世。この快進撃。

やばい、ひょっとして僕って天才かも？

最高に勘違いできた、僕の黄金時代(ゴールデンエイジ)の始まりだ。


それにしても、今まで兄弟妹(きょうだい)3人で遊んだことなんて、あったっけ？　ないような気がする。

まだ幼稚園の弟と、オムツのさっちゃん。僕は家にいるときも、2人と「遊ぶ」っていうよりは、僕がヤツらの「面倒をみる」って感じだった。年の差からいって、遊び相手にはならない。

たとえていうなら、圧倒的に年上の僕が、御手洗家の子ども「アダルト」部門。弟とさっちゃんは2人セットで、子ども「チルドレン」部門。2人ともかわいかったけど、そのかわいさを見る目線って、兄貴というより、ちょっと親目線に近い。「親の子守りを手伝う」って感じになる。

それに、お袋だって、下の2人には優しかったけど、僕にはけっこう厳しかったし。

別にそれが嫌っていうことでもないけど……。アダルト部門にはアダルトなりに、チルドレン部門にはチルドレンなりにって、ずいぶん待遇に差があるやんって思ってた。

熊本に来てから親父はけっこう忙しそうで、家に帰ってくるのは、弟やさっちゃんがもう夢のなかにいる時間だった。僕もほとんど眠りかけてる夜中。家で顔を合わせることが減っていった。

それでも、そんな親父の記憶といったら、何といっても松阪牛だ。

ある冬の深夜。

僕ら3人が寝かされてから、ずいぶん遅くに親父が帰ってきた。僕らはとっくに布団の中だったんだけど、たまたま目を覚まして襖（ふすま）越しに食卓の部屋をのぞいたら、やわらかい灯りのしたで、親父が焼酎を飲みながら、上等そうな肉をほおばってる。

何よ？　あの肉?!

その晩の僕らのおかずは、肉は肉でも、細切（こまぎ）れのオージービーフ。ただ炒めただけのぺらぺらのオージーを、僕らは「やったー牛肉だ、うまい、うまい」って食べてたのに。

お袋は、親父のために松阪牛をわざわざ冷蔵庫に取っておいて、親父一人だけが国産の上等な肉を食べていた。なんか肉のカットもぶ厚くて、同じフライパンで焼いたはずなのに、全然違う。

お袋が、親父のためだけに準備しておいた特別ディナー。それをのぞき見たときの衝撃っていったら。あれっ、親父と僕らって扱いがちがうんやって。

うわー、オトナっていいなぁ。

親父みたくなったら、うまい肉が食えるんだなぁ。

そういえば、お袋はいつもそうだった。外での人付き合いも大事にしてたけど、それ以上に、親父のことがダントツ一番。新聞記者の仕事にしても、趣味のことにしても、親父がやりたいことを、お袋は全部やらせてあげていた。

親父も親父で、口下手で不器用だけど、だからといって、ぶっきらぼうってわけじゃない。ああ見えて筆マメなところがあって、お袋への感謝の気持ちを手紙にして渡したりもしてた。そう、外では武骨な新聞記者を気取ってるくせに、家ではやさしい夫だった。

うちの親父は仕事柄いつも帰りが遅いし、休みも少ないから、お袋と親父がゆっくり共有できる時間ってのは、ふつうよりは少なかったと思う。でも、2人にとってはそんなの関係なかったみたいだ。だって、2人はそろって「宵っ張り」。特別にどこかに出かけたりしなくても、少ない時間しかなくても、長い夜を味方につけてた。

親父もお袋も、お酒が大好き。お袋はビールか白ワイン(もちろん安いやつ)。大分育ちの親父は、麦焼酎「二階堂」の水割りか麦茶割り。遅い晩飯タイムのあと、2人ともグラスを傾けて、よく話して、よく笑ってた。

お酒のあとは、ゲームの時間だった。ほろ酔い加減の親父とお袋は、僕らの寝息をたしかめると、いそいそとテレビゲームのスイッチを入れる。親父がやるのは、だいたいRPG。そしてお袋は、パズルゲーム。「ドクターマリオ」は全画面制覇して、裏面までいってた。子どもが寝てる夜中に、ちょっとボリュームを小さくして、2人して長いあいだ楽しんでた。

親父とお袋、仲ええなぁ。
2人だけの、真夜中のデート。
ひいきのお酒と任天堂で、えらい盛り上がっとるなぁ。
襖越しに笑い声が、おそくまで聞こえてくる。
ジャマせんとこ。僕は襖をそっと閉めた。
振り向くと、さっちゃんと弟は、2人並んでスヤスヤ眠ってた。

事件発生！ オッパイが行方不明

ぼくら家族が熊本に引っ越したのは、ぼくが4歳のときだ。

「無口で言葉の遅れがあるんじゃないか」なんて心配されていたぼくも、熊本ではタッパー磨きの一人遊びを卒業して、まわりの人とまともに話ができるようになった。それはおかあさんだったり、ママさんだったり、同じ年ごろの子ども同士だったり。それまでずっと家にいたのに、ぼくは熊本で幼稚園に通いはじめた。それで環境が大きく変わったんだ。

ぼくが通っていたのは、熊本市内の帯山幼稚園。わりと大きな幼稚園だったけれど、入園してすぐにサッカーをはじめたら、友だちも簡単にできて、すぐになじめた。

ぼくのウチは、平屋が4軒ならんだうちの、そのひとつ。

広めの畳の部屋がふたつあって、ひとつはテレビがある部屋、もうひとつは、たんすのある部屋。それと、奥の方にもうひとつ、狭めの部屋があった。

夜寝るときは、ふたつの部屋を仕切っていた襖を全開にして、布団を5つならべて、みんなで川の字になって寝た。テレビの部屋には、親父さんとおかあさん。たんすの部屋には、兄貴とぼくと怜美。5人全員そろって寝る、なんてことは、うちの家族にとって、この熊本で過ごした4年間だけだった。だからぼくは、布団のならび順も、寝るときのみんなのポジションも、ちゃんと覚えている。

けれど、兄貴といっしょに遊んだ記憶は、ほとんどない。兄貴は、ぼくみたいな年の離れた弟をそっちのけにして、部活とか、同級生といろいろ遊ぶのとかに夢中だった。

ぼくと兄貴の歳の開きは、ダブルスコア超え。それは実際の年齢差以上に、そのまま精神的な距離となっていった。

新聞記者の親父さんも、仕事の忙しさが増したみたいで、あまり見かけなくなった。だから、ぼくにとって親父さんは、基本、家にいない人だった。夜は親父さんがいつ帰ってきたのかもわからないし、朝だって、ぼくが幼稚園に出かけるときは、まだ布団のなかで、いびきをかいていた。

それでも親父さんはそのころ、家族5人プラス、ママさんも乗れるように、日産「プレーリー」っていう8人乗りの大っきい車を買って、休日にはぼくらを阿蘇ファームランドや三井グリーンランドなんかの遊園地に連れていってくれた。そう、新聞記者で、いつでも忙しくて、基本いない人ではあったけれど、親父さんは家族のことを、とても大事にしていた。

兄貴との距離がぐんと離れて、代わりにぼくの遊び相手になったのが、小さな怜美だ。怜美はまだ2歳か、3歳ぐらい。ぼくの背中を追って、いつでもぴったりとくっついてきた。同じ敷地にならんでいた平屋のひとつに、おかあさんと同年代ぐらいのおばちゃんが暮らしていたのだけれど、そのおばちゃんのところへ、怜美と2人でよく遊びに行っていた。ぼくが家から抜けでると、怜美もスリッパをはいて、あわてたように、ぼくの背中を追ってきた。まだオムツが取れなくて、丈のみじかいワンピースを着ていた怜美が、ヨチヨチ歩きで。

平屋づくりの4棟は、みんな古い和式の家。庭からそのまま家に上がれたから、勝手に縁側をよじ登って、おせんべいや駄菓子、オレンジやリンゴの紙パックのジュースをもらったり、トランプしたりして遊んでもらった。「いらっしゃい。あら、今日も怜美ちゃんと一緒ね？　よう来たねぇ」。すっごく優しいおばちゃんで、「いつでも遊びにおいでよ」ってウェルカムだった。

怜美はもうそのころから、ぼくとは違った。人見知りもせずに、おばちゃんにも堂々としゃべりかけていた。話し出すのも、誰かと会話が成立するのも、言葉の遅れが心配されたぼくよりも、ずっと早かった。おばちゃんとトランプをしていたときも、ばば抜きとか神経衰弱に、怜美も平気で加わって遊んだ。まだちっちゃかったのに、勘がよくて、わりとルールも把握していた。

明るくて、物おじしなくて、誰とでも仲良くなるのが得意な怜美。まちがいなくおかあさんの血を受け継いでいた。

怜美と遊んでいる時間は、かなり長かったし、濃密だった。

いつもぼくの後ろにくっついてくる怜美。

大人用のスリッパに足を滑りこませて、ヨチヨチとぼくの背中を追いかけてくる怜美。

「おにいちゃん、まって」

それが、ぼくの一番古い、怜美の記憶だ。怜美はいつも「おにいちゃん、どこいくの?」って。

3歳の年の開きがあったけれど、2人にとって、あまり関係がなかった。

親父さんは家に帰ってくるのが遅かったけれど、たまにディズニーアニメのビデオを買ってきてくれた。ぼくと怜美はそれが大好きだった。「ダンボ」や「バンビ」に「ピーターパン」。ミッキーマウスの30分アニメもあった。ぼくと怜美は肩をならべて食い入るようにビデオを見ていた。ダンボが大きな耳をはばたかせて飛ぶシーンに2人ではしゃいで、ピーターパンがフック船長に追い詰められるピンチに興奮した。2人ともビデオを巻き戻しては、何度も楽しんだ。

怜美とぼくは、兄と妹というよりは遊び仲間で、いつも一緒。ケンカらしいケンカも、したことがない。

ちなみに、ぼくとテレビゲームとの出会いも、このころだ。

たぶん、親父さんが買ったと思うんだけれど、家にはスーパーファミコンがあった。いくつかのソフトのなかに「パネルでポン」というゲームがあって、ぼくはそれにハマってしまった。テトリスに似ているタイプのブロックを消していくゲーム。同じ模様のブロックを縦か横につなげて、うまく消せたときの達成感が気持ちよかった。スピーカーから流れてくる電子音の音楽も、ぼくにはここちよかった。

パネルでポンは、いわゆる「落ち物パズル」なので、けっこう頭を使わなければいけなくて、幼稚園児には難しかった。周りの友だちはだれもうまくできなくて、友だちの家に遊びに行ったときには、友だちのおかあさん相手にバトルしていたぐらい。ぼくのゲーム歴はえんぴつを握る前から始まったから、ゲームマニアとしては、筋金入りだ。


タッパー磨きなんて、えたいの知れない楽しみに浸っていたぼくが、熊本に来てからは、ゲームなんてわかりやすいものにハマったし、近所のおばちゃんとトランプをしたりもするようになった。口数は少ないとはいえ、必要があれば自分からしゃべるぐらいにはなったから、それなりに成長はしていたんだと思う。

それでも、人と比べると自己主張が強くできるわけではなかった。

ぼくのこの性格がまねいた、やるせないできごとがある。

幼稚園を卒園して、兄貴と同じ帯山小学校に入学したときのこと。教室でお漏らしをしてしまったんだ。それも、おしっこじゃないほう。入学したてのころではなくて、もう2学期に入っていたのに。「先生、トイレに行きたいです」。その一言が、どうしても言い出せなかった。

給食を食べた後、急にお腹が痛くなってヤバイと思ったんだけれど、ちょうど掃除の時間だったから、「トイレに行っていいですか?」って担任の先生に言えなかった。教室から黙って出ていくほどの勇気もなかった。

がんばって我慢していたんだけれど、とうとうパンツに漏らしてしまって、「何か臭い!」ってクラスの誰かが騒ぎだして、ばれてしまった。先生が保健室に連れて行ってくれて、着替えさせてくれたのだけれど、恥ずかしいような、くやしいような気持ちでグチャグチャになって、思わず泣いてしまった。

ぼくは、口下手で、なおかつ気が弱かった。赤ん坊のころは注射を打たれても平気だったのに、物心がついてからは、けっこうな泣き虫に変身した。おかあさんは優しかったけれど、ぼくが泣いていると「男でしょ、泣くんじゃない」ってよくしかられた。

そして、熊本で一番つよい記憶。それは、おかあさんのオッパイがなくなったことだ。

ぼくが外から帰ってきたら、部屋でおかあさんが着替えをしていて、そのときたまたまチラッと見たら、オッパイが2つともなくなっていた。

ん？

ってなった。そのときのぼくは6歳だったのか、7歳だったのか。思い出せないけれど、とにかくびっくりした。子どもながら、背中に電気が走ったような衝撃だった。

ある日突然、気づいたらおかあさんの両方のオッパイが消えているわけだから、とにかく、その驚きといったら……。オッパイは、完全に根元から切り落とされていて、胸がぺたんこになっていた。

あれっ、見まちがいかな？　なにげないふりをしてもう一度、おかあさんの胸のあたりに、そーっと目をやると、ぺたんこの胸には、横に流れる太くて赤く腫れた1本の線みたいな傷があった。その傷跡と直角になるように、縦に細かくちょんちょんって縫い目のような跡が何本もくっついていた。

おかあさんのオッパイ、どうしちゃったんだろう。

それはもう、ぼくにとったら、大事件。どうしておかあさんのオッパイがなくなったのか、すごく驚いたし、ドキドキしたけれど、おかあさんには、「どうしたの？」って聞けなかった。オッパイが消えたこと以外は、その後もおかあさんはいつもと変わらず、ぼくの元気いっぱいのおかあさんだったし、何だか聞いちゃいけないような気がした。そう、おかあさんは元気いっぱいだったんだ。

おかあさんは、たまに家からいなくなるときがあったけれど、どこで何をしていたのか、ぼくは知らなかった。まさか、おかあさんが手術をして、オッパイを取ったなんて、想像さえもできなかった。そういえば、ママさんが頻繁に家に通ってきて、家事をしてくれていたのだけれど、それがおかあさんが病気だったからなんて、自分のなかで結びつけもしなかった。

おかあさんはぼくの前で、元気なふりをしていただけなのかもしれない。でも、ぼく自身は、それにだまされて「おかあさんが大丈夫なら、それでいいや」と思っていた。やっぱりぼくは遠慮がちで、聞きたいことをぐいぐい聞けるほうでもないから、聞きづらかった。

それに、ぼくはまだ子どもだったから、おかあさんに気をつかって、たとえば兄貴にどうしてか聞くような知恵も働かなかったんだ。

だから、おかあさんが乳がんだと知ったのは、それからずいぶんと後のことになる。

大丈夫さ いつだってなるように なっていくんだ

熊本の最後の年。僕は帯山中学校に入学した。部活は、迷わずバスケットボール部を選んだ。

もちろん、マンガの影響だ。

少年ジャンプで「スラムダンク」がガンガンに流行ってて、登場人物がみんなめちゃくちゃカッコよかった。なかでも僕があこがれたのは、三井寿（みついひさし）っていう、天才プレーヤー。

「安西先生……!!　バスケがしたいです……」

バスケを辞めて不良になって荒れてた三井が、恩師に再会して涙を流す名場面に、ジーンときた。スリーポイントシューターとしての三井のセンスにもしびれた。外側から間合いを取って、バンバンゴールを決める。まじでカッコイイ。

よし、やったるで！

すっかりその気になって、親父にナイキのバスケットシューズをねだって、けっこうノリノリで入ったバスケ部。

でも、入ってみたら……。

めちゃめちゃ走らないかんのだな、きっついな……と。

しかも、何か地味。新入生はボールにも大して触らせてもらえない。みんなで列になって、体育館のなかを何周も走らされる。

僕の想像とは、かなり違ってた。僕は「ひょっとして自分は天才じゃないか」なんて思ってたから、自分の思い描いた自画像と、現実とのミスマッチにも気づかされた。すくなくとも、僕が三井寿になるには、ちょっと時間がかかりそうだ。


部活でめいっぱい体を動かして帰ってくる僕は、とにかく腹が減っていた。

御手洗家には、僕と弟とさっちゃんという3人の子どもがいて、さらに親父みたいな大男もいるから、お袋がつくる料理は大皿料理が定番だ。

カレーやシチューは、容量20リットルの大鍋で一気につくる。お袋としてはそれで2、3日はもたせようという腹づもりなんだけど、兄弟妹(きょうだい)3人であっという間に平らげてしまう。

お袋の得意料理は、油で揚げた固い麺を使う、長崎風の皿うどん。それも大皿に盛られると、3人の箸が一気にのびた。長崎の皿うどんって、ホントはカリカリの麺がふやけて、あんがしみ込んだ2日目がおいしいんだけど、御手洗家では2日目にたどりつくことがなかった。大きな平皿に山盛りに盛られてたのに。

僕は腹ペコ盛りだし、弟も細いわりには食いしん坊。さっちゃんも小さかったけど、幼児用のプラスチックのスプーンとお椀を器用に使って、僕たちに負けじと一生懸命食べてた。ごはんのときは、みんな口もきかずに争って食べて、食器のカチャカチャした音だけが響くのが、我が家のスタイルだった。

「はい、そこまで。あとはお父さんに取っておかんば」

お袋がストップをかけないと、親父の分まで食いつくしてしまう始末だった。

ところがある日、僕が部活から帰ってくると、いつもよりおかずが多い。大村のママさんの手料理が、食卓に並べられていた。

お袋が病気になったからだ。

弟もさっちゃんも、最初はちょっと戸惑ってるみたいだったけど、2人とも、それを口には出さなかった。でも、その日を境に、お袋に代わって、ママさんが台所に立つことが増えていった。

お袋は、癌だった。そのとき僕はもう12歳、中学1年だった。

弟にとっては、ある日突然、お母さんのオッパイがなくなってしまった大事件なのかもしれないけど、僕は、お袋が癌になったことを知らされてた。

「お母さん、病気になったんよ。癌になっちゃった」

そうお袋から、じかに伝えられてたから。これから通院が必要なこと。治すためには手術が必要なこと。その手術ではオッパイを切除しなければいけないこと。ことこまかに説明されたわけでもなかったけど、そのぐらいのことは知らされていた。

そして、そういう事情だから、ママさんが大村（長崎県の大村市）から熊本まできて、住み込みで僕らの世話をするってことも。

あんまり家にいない親父も、たまに皿洗いなんかはしてたし、長男の僕には「家のこと頼むな」って雰囲気を出してきてた。僕ももう中学生だったし、そういうことなら呑み込まなきゃって納得してた。

それにまぁ、癌だといっても、お袋もそう深刻にとらえているようには見えなかった。

「ほんとに大丈夫なん？」ってお袋に聞くと、

「オッパイ取ったら、それで治るけんね。心配せんでよかよ」って。

癌といってもまだ初期の段階だっていうし、治療もそんなに大変そうではなかったから、僕はお袋の言葉を疑いもしなかった。

手術が終わると、お袋はまた僕らのために、デッカイ買い物かごをぶら下げては大量の食材を買い込んで、料理の腕を振るった。ビートルズなんかを鼻歌で口ずさみながら。

お袋は35歳か36歳。まだ若いし、癌にはなったけど、いわゆる「闘病」のイメージからはほど遠い。お袋の癌は、日常の生活に大きな波風が立たないままに組み込まれたできごとだった。家では普通に元気だったし、「そっか、お袋は今ちょっと大変なんだな」ってぐらい。

手術でオッパイを取った。それで癌がなくなった。だからお袋は治った。

退院してすぐに熊本から離れたし、僕はもうこれで終わったことなんだって思った。

弟にあえてお袋の病気のことを伝える必要なんてないよな。ちっちゃなさっちゃんも心配させる必要なんて全然ない。大丈夫、大丈夫。

それぐらいに、僕は気楽に考えてた。

センチメンタルな旅
東京ディズニーランド

東京って、遠いところ。東京って、気ぜわしそうなところ。

九州のような緑がない。山がない。坂がない。

平べったい街に、高層ビルがびっしり並んでいる。だれかがでたらめに作り上げたシムシティみたいだ。

九州育ちのぼくは、小学校2年まで東京に行ったことがなかった。だから、初めて家族そろって東京に旅行したことは、とくべつな思い出だ。

ぼくらの家族は、熊本で4年過ごしたあと、今度は長崎に引っ越した。

熊本では平屋づくりの家だったけれど、長崎では街なかの扇町というところにあるアパートに住んだ。となりには、地元の親和銀行という銀行があって、すこし歩くと、平和公園や浦上天主堂というキリスト教の教会があった。

兄貴とぼくは、最初はいっしょの部屋だったのだけれど、途中から兄貴は嫌がって、屋根裏部屋に布団を持ち込んで、1人で住み始めた。そのアパートは部屋のつくりが変わっていて、ハシゴで上る屋根裏があったんだ。兄貴はそこを独占した。もう兄貴とは、お互いが何かを感じるほどの、交流らしい交流なんてなかった。

ぼくは長崎に来てから、さらにゲームにハマった。スーパーファミコンに、任天堂64に、ゲームボーイ。遊び相手はやっぱり怜美だった。

怜美はゲームもうまくなって、「大乱闘スマッシュブラザーズ」というソフトでよく盛り上がった。兄貴はゲームには見向きもしなかったし、怜美と2人だけで遊んでいた。

そして、ぼくにとって一番の思い出。それは、家族全員、ママさんも含めて6人で行った、東京ディズニーランドだ。

長崎に来た直後のことだった。

「今度のお休み、お父さんがディズニーランドに連れてってくれるけんね」

そう言っておかあさんが、カレンダーに◯をつけたんだ。ぼくも怜美も、ディズニーアニメはビデオがすりきれるほど見ていたから、2人とも飛び上がって喜んだ。

おまけに初めて乗る飛行機。初めて九州から離れる家族旅行。ぼくのテンションはMAXだった。

怜美も空港に着いたときからそわそわしていた。飛行機の窓から外をのぞいては「ひこうき、すごいねぇ。おっきいねぇ」ってうれしそうだった。

とくにぼくの印象に残っているのは、シンデレラ城だ。

ディズニーランドのど真ん中にあるシンデレラ城が舞台になった、冒険型のアトラクション。ディズニーといったら、ホラー系ならホーンテッドマンションが有名だけれど、シンデレラ城にも、暗闇のなかを探検するミステリーツアーっていうイベントがあったんだ。

暗いところにみんなで入ったのだけれど、子どもにとっては、その演出はかなりの恐怖だった。幼稚園児の怜美は耐えきれずに「怖い、もうヤダ、お外に出たい」ってしゃくりあげてしまった。それで慌てて親父さんが怜美を外に連れていって、残ったぼくとおかあさんたちとで地下室とか城内を探検した。

ぼくだって本当は怖くて、けっこう泣いていたのだけれど、おかあさんに「がんばれ！　男でしょ！　泣くな！」って励まされて、「光の剣」を使ってドラゴンとか魔女を倒して、勇者のメダルを取った。

「怖くなかったやろ？　ようがんばったね」

おかあさんはぼくの両手を握ってしゃがみ込んで、ぼくの目をのぞきこむようにしてニコニコ笑っていた。それが、妙にうれしかった。

シンデレラ城でべそをかいた怜美も、親父さんのひざの上に乗っかって、ジャングルクルーズのボートで機嫌を直した。おかあさんにミニーマウスのぬいぐるみまで買ってもらってご満悦だった。兄貴はスプラッシュマウンテンとか絶叫マシンを制覇して回った。

「見て！　おかあさん、ミッキーマウス！」

派手な音楽と一緒に始まったパレード。電飾バスに乗ったミッキーやドナルドダックを見つけるたびに、怜美は指をさして、おかあさんや親父さんを振り返ってはしゃいだ。

でも、実はそのころ、おかあさんのがんが再発していたみたいだ。オッパイを取ったのに。それで、家族全員で旅行ができるうちに、みんなで出かけようという話だったみたい。これから先も、みんなで遠出しようねって言ったのに。

結局、それが最後の家族旅行になった。シンデレラ城の前で、家族写真を撮ってもらった。おかあさんも、親父さんも、怜美も兄貴もママさんも、みんな勢ぞろいして笑っている。


おかあさんが、また体調を崩したのは、その旅行のすぐあとのことだ。そのころには、ぼくは、おかあさんが何か体が良くないということには感づいていたけれど、がんだということは、まだ知らなかった。

それからのおかあさんは、入院したり、退院したりを繰り返した。ぼくはいつおかあさんが入院して、どのぐらいで退院するのかもわからなかった。だからぼくにとって、おかあさんは理由もなくいなくなったり、戻ってきたり。

おかあさんが入院しているあいだは、ずっと大村のママさんが家にいた。ぼくには直接、だれも病気や入院の話をしなかったから、何もわからないままだった。

おかあさんは、がんだ。

そう気づいたのは、いつのころだろう。だれかが、がん、という言葉をぼくの近くで話していたのを耳にして、がんって何だろうって思ったぐらい。小学校高学年になってからだと思う。まだインターネットなんてなかったから、情報も少なかったし、わざわざ図書室の本で調べようという気持ちにもならなかった。

だれもぼくに病状を教えてはくれないけれど、おかあさんはひんぱんに家からいなくなるし、ぼくが知っているおかあさんの見た目が、どんどん変わっていく。何度も何度も病院に行っているのに、何か悪いことが進んでいるのは目に見えていて、「よくなる病気ではないんだな」と思った。

東京旅行のあとぐらいから、おかあさんの髪の毛が抜けるようになった。たぶん抗がん剤の副作用。目の下にくまもできていたし、顔色も黒かった。それに、だいぶやせてしまった。もともと、おかあさんはロングヘアではなくて、いつもボブカットのような髪型だった。ぼくからみても、似合っていた。それがどんどん抜けて、最後はかつらをかぶらなくてはいけなくなった。まだ30代なのに。

おかあさんはかつらを嫌がっていたけれど、ぼくは別に気にならなかった。おかあさんは、いつだって、いつまでも、ぼくのおかあさんだった。

おかあさんの真似をして、怜美もずっとボブカットにしていた。ちっちゃな怜美は、何も言わなかったけれど、わからないなりに心配をしていたんだと思う。

ぼくもだれにも言えなかったけれど、心のなかに少しずつ不安がふくらんでいった。それでも、ぼくはまだ子どもだった。4人の祖父母は、まだみんな元気だったし、身内の死を経験したことがなかった。人が死ぬということが、どういうことなのか、よくわかっていなかった。おかあさんの姿が日に日に変わっていくことに不安を感じていたけれど、その先におかあさんが死ぬことがありうるなんて、考えもしなかった。

「おかあさん、このままよくならないのかな」

不安はおかあさんの死の手前でとどまって、想像がその先に行きつくことはなかった。


おかあさんが闘病生活を続けていたころの親父さんはというと……。

親父さんは全国紙の記者だから、いつも引っ越して何年かすると、転勤があった。

親父さんは、熊本支局のころまでは、いろんなところに出かけて取材をしていたみたいだけれど、長崎支局にきてからは、デスクって仕事に変わった。もう40歳に近かったし、事件とか事故が起きたところ（親父さんが「ゲンバ」って呼んでいる場所）に駆けつけるっていうよりは、若い記者の書いたヘタな記事を、新聞にのせられる程度にまで手直しする役に変わったみたいだ。

もう取材でアチコチ出かける苦労はなくなるんだけれど、それはそれで支局にずっと〝缶ヅメ〟だから、なかなか自由がきかないみたいだった。

だから、親父さんが家にいる時間は、どんどん少なくなっていった。

親父さんは、長崎でデスクを2年したあとも、北九州の小倉に転勤したり、長崎県の諫早市に行ったりと、はげしく異動をくりかえした。おかあさんが病気だから、ぼくらは長崎に住みつづけたまま、親父さんだけあちこちに単身赴任。諫早は長崎のすぐ近くだったし、それなら長崎でおかあさんと一緒に暮らせばよかったのに。新聞記者だし、しょせんはサラリーマンだし、しかたのないことだったけれど、こんなときに親父さんは何でいないんだろう？　とやっぱり思った。

たぶん親父さんからすれば、おかあさんを長崎に住ませつづけるのが、精一杯の努力だったんだろうな。おかあさんは長崎出身だし、大村のママさんも近くに住んでいたから。でも、そんなことまで、子どものぼくにはわからない。

ところで、「大村のママさん」だけれど、ぼくからしたら、おかあさんのおかあさん、つまり、おばあちゃんだ。なのに、なぜ「ママさん」と呼んでいるのか。

別に家の洗濯や家事を一手に担って「おかあさん代わり」をしてくれたから、ママさんと呼んでいるわけじゃない。

実はおかあさんが兄貴を産んだのは、ママさんがまだ40代のころ。おかあさんは結婚と同時に保母さんをやめて、22歳で兄貴を産んだ。だから、ママさんとしては、おかあさんの結婚が早すぎると思っていたみたいだし、まだ若かったから「おばあちゃん」と呼ばれることに、かなり強い抵抗があったんだって。それで、ぼくと兄貴は、小さいころから「ママさん」と呼ぶように仕込まれた。子どもだから、刷り込まれれば、何も疑いもしない。兄貴も、ぼくも、怜美も、みんなママさん。おかあさんの友だちだって、ママさんって呼んでいたんだ。

おかあさんのがんは再発したけれど、それでもうちの雰囲気が暗いということはなかった。怜美はよくママさんと一緒に、おかあさんが入院している病院にお見舞いに行ったり、通院に付きそっていた。おかあさんと、ママさんと、怜美の3人でけっこう楽しそうにしていた。

病院まではバスやタクシーで行ったのだけれど、まだおかあさんも外でご飯が食べられて、3人でいろいろなものを食べていたみたいだ。家に帰ってくると、怜美が「おいしいものを食べてきたんだよ」って嬉しそうに言っていたから。ちょっと自慢気なところが、少しだけくやしかった。何かやっぱり、御手洗家の子どものなかで、怜美は特別な存在だった。ぼくも行きたかったけど、やっぱり女同士が楽しかったんだろうな。

「何を食べてきたの?」って聞くんだけれど、みんな笑って教えてくれなくて、ぼくにとって、ずっと謎のままだった。

その謎はもう、死んだ人たちにしかわからない。

暗い家。オトナは誰もわかってくれない

僕（ぼく）

鹿児島、福岡、熊本……。

九州を縦に上がったり、下がったり。

お袋の手術が終わって、その翌年にはもう家族5人で長崎に引っ越した。僕、これまでにどんだけ引っ越したんやろ。

熊本では小4っていう微妙な時期の転校だったけど、今度は中2での転校だ。

転入した学校は、長崎市内の山里中。通称、ヤマチュウ。

受験を控えてるし、思春期だし、これはこれで微妙な時期だ。でも、僕には熊本でいじめられて乗り切った経験があったんで、だいぶ余裕があった。案の定、不良がガンつけてきたりもしたけど、僕も身長が170センチを超えてたし、「かかってこいや！」ってぐらいの負けん気があった。

それに、通ってみたら思ったより良いヤツらが多くて、すぐに仲間ができた。

ヤマチュウではもうバスケ部には入らず、空手に路線変更した。きっかけは親父の同僚の子ども。近くにガタナガさんって記者が住んでて、弟と同じ年頃のヤンチャな男の子が2人いたんだけど、弟とその2人が近所の「松濤館（しょうとうかん）」っていう流派の空手道場に通い出したんだ。僕もついていったら、めちゃくちゃ面白そうだった。

「空手はぼくには向いてない」。弟はああいう性格だから、すぐにやめてバスケに転向したけど、逆に僕はもうバスケには未練もなく、空手にハマった。虜（とりこ）になった。

空手に熱中したのは、熊本でちょっといじめられたことも一因だったかもしれない。強いヤツにも怯むことなく、「オッ？　やるか？」って向かえるぐらいに、僕は肉体的に強くなりたかったし、自分に自信もつけたかった。困ったときに、誰かに助けを求めるんじゃなくて、自力で物事を解決したかった。それに、野球やバスケもやってみたけど、「どうも自分はチームプレーには向かんな」って、気づきはじめてもいた。

野球とかバスケって、チームメートのミスで負けたり、自分のミスで負けたり、責任がコロコロ変わりやすい。空手だったら、勝ち負けの責任は、ぜんぶ自分1人で引き受けるっていうところが、僕のなかで腹落ちした。

それでヤマチュウからは、空手一筋。空手は、自分の努力が自分の実力として、みえやすい。たとえば正拳突きとかは、やればやるほど速くなる。そういう単純なところも、僕には合ってた。

もう中2だから、そろそろ高校受験も意識しはじめた。

長崎市内では、中高一貫の青雲高校ってとこがダントツの進学校。そこに長崎東、長崎北、長崎南……と麻雀牌みたいに東西南北の学校が続く。僕の成績だと、さすがに青雲はきびしいけど、東西南北ぐらいは狙えそうだった。そのうち、部活で空手があるのは、長崎西と、東だけ。僕にとっては空手部があるかどうかがすべてだったから、なんとしても偏差値を上げたかった。内申点も高い方が受かりやすいから、生徒会にも入った。高校でも空手をやるんだ。ひたすら、その一心だった。

僕が空手と出会って夢中になってるあいだに、お袋の病状は、また少しずつ悪くなりだした。

「あれ？　何で？　治ったたっていったやん」

前の手術を受けてから、まだ1年も経ってない。なのに、お袋の様子が明らかにおかしい。病院には絶えず通院してるし、入院する回数も増えてきた。

「お母さん、また癌になったんよ」

癌が再発、そして転移してるって話だった。

お袋の病気は自宅での生活にも、徐々に入りこんできた。これまではどこに引っ越しても、いつも布団で寝てたのに、今回初めてベッドを導入した。お袋のための電動ベッド。寝起きするのさえ大変になったってことだ。

お袋はキツい抗癌剤治療もはじめた。

髪の毛がだんだん抜けて、頭の地肌が見えだして、しまいにはネットを頭にかぶりだした。吐き気が続いて、食欲もない。もともとは、ちょっとふっくらしたタイプだったのに、徐々にやせ細っていった。かつてのバレー部のエースアタッカーが、見る影もない。

顔色も悪いし、肌も荒れて、見るからに病人。まだ30代だし、女の人だから、自分をキレイに見せたい気持ちが当然あるはずなのに、そのキレイに見せる部分ってのが、全部なくなってしまった。けっこう、見ているのがきつかった。もう癌と闘ってるのか、抗癌剤と闘ってるのかも、わからんぐらい。

それでも僕は、お袋の弱音を聞いたことがなかった。

お袋がこんな大変な思いをしてるあいだ、親父はというと、ホンマに家におらんかった。

最初は長崎支局でデスクをしてたんだけど、途中から、会社の都合で北九州の小倉に異動になった。それまでの記者職と違って、今度は新聞の見出しをつける「整理」の仕事。記事のタイトルを考えたり、ニュースの価値を判断する立場だ。

さらにお袋の病状が悪くなってからは、長崎市のとなりの諫早市に移って来たんだけど……。

結局、小倉も諫早も、どっちも単身赴任。長崎支局のデスクを離れてからは、後釜としてもう新しいデスクが入ってきてたから、親父のポストはもう埋まってた。それで、長崎には戻れないけど「できるだけ近く」ってことで、諫早に異動させてもらったらしい。それで、平日は諫早にいて、土日だけ家に帰ってくるようになった。

たしかに小倉だと長崎の家から200キロぐらい離れてるけど、諫早なら30キロぐらいの距離だ。諫早なら車を飛ばせば30分ちょいで家に着く。でも、僕からしたら、小倉だろうと、諫早だろうと、ふだん親父が家にいないのは、まるきり一緒。

家事なんかは、またママさんが大村から来るようになって、ご飯、掃除、洗濯、って、ひととおりのことをしてくれた。だから家のことは親父がいなくても、まぁ回ってはいたんだけど……、子どもながらに「それは違うだろ」って、やっぱりイラ立ってた。あんだけ親父のことを大切にしてたお袋が、今大変なんやぞって。親父のことや、自分の置かれた環境への怒り。それが、僕の心の中で、トゲとなっていくつも生えてきた。

それに、かわいそうなのは、ちっちゃい弟やさっちゃんだ。日曜の夜に、親父が家から職場に戻っていくとき、さっちゃんは玄関先で、「お父さん、行かないで」って泣いてせがんでた。それはそうだろう、さっちゃんはまだ幼稚園だ。お袋が病気で、親父は単身赴任。夜寝るときに、両親がふたりとも家にいないんだから、そりゃ不安にだってなる。たしかにママさんは家におってくれて、僕ら3人のために身の回りの世話をしてくれたけど、それとこれとは別だった。

僕だって、家事を一切しないですむかというと、そういうわけにはいかない。

僕は、空手があるし、受験勉強もあるし、空いてる時間は遊びもしたい。それなのに、やれ皿洗いをしろとか、やれ洗濯せぇ、風呂掃除せぇ、買い出しに行って来いとか、家のことに振り回される羽目になる。

どうせ帰っても家全体が暗いし、家事なんかの僕へのしわ寄せも、どんどん重荷になってくる。そりゃ帰る足取りだって重くなる。

「何でこんなことせないかんとや。これって、ホンマに僕がせないかんことなんか」

用事を言いつけられるたびに、頭に血がのぼった。だけどそんな不満は、わざわざ家に来てくれてるママさんには、ぶつけられん。

その一方で、ママさんの小言もすこしずつ目立ってきた。

「お母さんは、癌になってかわいそうやね」

「こんなときに、お父さんは何で帰ってこないんかね」

「お父さんと結婚せんかったら、こんなことにならんかったちゃなかろうか」

2人きりになると、ママさんにそんな愚痴をこぼされて、それを聞くのがしんどかった。

ママさんとしても、弟やさっちゃんに恨み言なんて言えないんだろうし、話す相手が僕しかいないからしかたがないんだけど、「この話、聞くの3日連続やん」とか、同じ話がエンドレスに続くと、もう……。

いつやったか、ママさんの小言にそっぽを向いて、ふいっと和室の奥に逃げたら、お袋の鏡台にうっすら埃がかぶってた。お袋が口紅とか化粧水を並べてた鏡台には、ネックレスとかブローチも置いてあったんだけど、もうそれを手に取ることも、身に着けることもなくなった。その脇にある写真立てには、家族で行った東京ディズニーランドの写真があった。みんな笑顔で、何だか妙に腹立たしかった。


お袋の病院通いが続いてるあいだに、受験の季節がやって来た。

僕は本命だった長崎西高校に合格した。

それがきっかけだった。

「試験をパスしたんやから、もう大丈夫やろ」

僕は家に帰らなくなった。

だって、高校に入ったら、いきなり彼女ができて、その子と付き合うのが、やたら楽しかったんだ。なんと彼女は短大生。つい最近まで中坊だった僕からしたら、とんでもなくオトナの女性。彼女は免許も持ってたから、夜は彼女の軽自動車で一緒にドライブに出かけた。

授業が終わると空手で汗を流して、そのあとは彼女と夜遊びに行く。そのサイクルが定番になった。

そしたら、それがある日、なぜか単身赴任の親父にバレた。

「今何しよるんか」

夜中1時過ぎぐらい。彼女とカラオケで盛り上がってたら、携帯に親父から電話がかかってきた。

「母さんが大変なときに、オマエはどこで遊んでるんだ」

めちゃくちゃ怒られた。

「じゃあアンタはどうなんや」

僕は、よっぽど親父を責めたかった。

お袋がこんなにしんどそうなときに、親父は何で家におったげんとや。

親父だって、ぜんぜんお袋のこと守っとらんやないか、って。

もちろん口に出しては言えんかったけど。

ウチの家は、お袋の病気を中心に、いろんなことがまわってた。まだ10代半ばの僕の生活にも、お袋の病気っていう問題は、絶対的な重みをもって介入してきてた。

もう熊本のときとは違って、確実に「闘病」生活。親父はおらんし、下には小さい弟と妹がいる。だから、長男の僕は、オトナになることを求められてた。でもそんなの、僕にはとても受けとめきれんかった。

それに、そもそもオトナって何なのか。ルール。慣習。しがらみ。家庭の事情。そんなものに、高校生の僕が従わないかんのか。皿洗い、片づけ、そして、さっちゃんと弟の面倒をみること。ちっぽけなことかもしれんけど、だまって家族としての義務を果たすこと。それって本当に、16歳の僕がやらなきゃいかん任務（タスク）なんか、って。

　僕はたまらんかった。そんなの勘弁してくれって。

　たしかに僕がいろんな義務を果たさなければいけないってのは、周囲のオトナの願望かもしれない。いわゆる「良い長男」なら、やりこなすかもしれん。だけど、僕はそんなのをお仕着せられる筋合いは毛頭ないと思った。だって、それは本来あるはずのない義務だった。

「このまま不本意な形でオトナにさせられるのは、真っ平（まっぴら）や！」

　わかりたくないことは、わかる必要なんてない。僕にはもっともっとやりたいことがいっぱいあって、時間だって全然、全然足りんのじゃ。

　何度もそんな不満が、心のなかで火を吹いていた。

　オトナになること。それは少なくとも、今の僕には背負いきれん。

だから、僕は無意識に、精いっぱい遊んでたんだ。親父に怒られても、絶対にやめたくなかった。それは、たぶん僕自身が、「子どもの自分」を守るための防衛本能だった。

　お袋の病気はしかたがないけど、僕までこの空気に巻きこまれるのは嫌だった。現実から目をそらして、子どもの自分が「籠（こも）る」場所が絶対に必要だった。

でも、じゃあ、僕がお袋のことを大事に思ってなかったかというと、それは違う。お袋は、長崎の原爆病院に入院していた。病院は、市内を流れる浦上川をはさんで、ちょうど西高の川向い。橋を渡って、たった200メートルの距離だった。

僕はお袋に会いに、毎日1人で病室に通った。朝か夕方に必ず、お袋の顔を見に行った。1日に10分ぐらいだったけど、弟やさっちゃんのことを伝えたり、世間話をしたり、お袋が着た洗濯物を持ち帰ったり。それが、僕の欠かせない日課だった。

家族のなかで、親父よりも、ママさんよりも、怜美や弟よりも、僕は誰よりもお袋に会っていた。

カーテンで仕切られた4人部屋。お袋の眠るベッドのシーツの匂い。病室の無機質な白い壁。窓から少しだけのぞく浦上川――。

お袋の病気は悪くなる一方だった。いくら気楽な僕だって、それはやっぱりお袋が死んでしまうんじゃないかって心配になってくる。「癌＝死」みたいな単純な方程式が、何度も頭をよぎる。不安とも恐怖とも違う、やりきれん気持ちに押しつぶされて、僕は極端にストレスを感じてた。

それに実際、「お袋がおらんようになったら、大変やぞ」って思いもあった。だって、その先の「御手洗家」の将来像が全く描けんかったから。お袋はこれまでウチの家の主人公。「主軸だった人を失ったら、ウチの家族どげんすっとか」、「誰が代わりに家の主軸を担うとや」って。親父は単身赴任だし、ママさんだってずっと家におるわけにもいかん。あげく下には弟と、まだちっちゃいさっちゃんもいる。

「この先、どうなんの?」

頭のなかがぐるぐるするけど、少なくとも、高校生の僕に解決策なんて見いだせん。

＊　＊　＊

お袋は、吐き気に耐えて、ただ苦しそうにしてる日もあれば、わりと普通に過ごせる日もあった。病状は軽くなったり、しんどくなったりを往復しながら、それでも癌は、ゆっくりと着実に進行してた。

ある朝、いつものようにお袋の病室に行くと、４つのベッドのひとつが空になってた。

あれ?　って思ったら、お袋が妙に淡々と、

「そこの人、亡くなったんよ」って。

入院患者はお袋より年輩の60〜70代ぐらいの女性が多かったんだけど、時折、顔ぶれが変わっ

た。お袋はそのたびに「あの人は退院した」「その人はまた戻ってきた」とか教えてくれた。長い闘病生活をしていたお袋は、ずっと相部屋の患者が入れ替わるのを横で見ていた。

毎日通ってくる僕は、お袋にとって、それなりに良い話し相手になってた気がする。そこまでべったりではなかったけど、性格もたぶん似てたし、僕だけ兄弟妹（きょうだい）のなかではもう大きかったから、ちょっと気の許せる話もできた。お袋も自分の死期が近づいているのを感じてただろうし、僕がそれに薄々気づいてるってことも、たぶんわかってた。

お互いの気持ちをのみこんだなかでの僕との10分は、お袋にとって、ささやかな気晴らしの時間だったのかもしれない。

風の匂いが夏っぽくなってきたころだった。

「やっぱり、死にたくなか」

それまでけっこう冷静だったお袋が、とつぜん取り乱して、感情を爆発させた。

穴があくほど僕の目を見つめて、助けを求めるように、

「アンタたちを残して死にたくなか」

って泣き出したんだ。

あんなに豪快だったお袋が、息子の目の前で、恥じらいもなく涙を流していた。

もう長くはないって、自分でもわかってたんだ。

お袋は喜怒哀楽の感情が豊かだったし、その血が僕にも流れている。親父や弟に比べて、僕はずっとポジティブだったし、だからこそお袋は僕の人生の師匠だった。こんな形で人生を終わらせなければいけないお袋の気持ちが、痛いほどわかった。

きっとお袋は、くやしくて、つらくて、怖かったんだ。

そやね。

それが、オトナになりきれない僕の精一杯の返事だった。

泣き虫は卒業。待合室の少年ジャンプ

ぐにょぐにょと波打つ心電図の波長のリズムが、少しずつゆるやかに、小さくなっていく。部屋のなかはびっくりするほど静かで、おかあさんの心拍数に合わせた、ピッ、ピッ、ピッ、という電子音だけが小さく響いている。

ぼくはそのときに初めて、おかあさんの死を先送りにしていたことに、気がついたんだ。

がんが再発してから、おかあさんは、だんだんやせ細っていった。

最初にオッパイがなくなったときは、ぼくはまだ小学1年生だったから、やっぱりすごい衝撃だった。でも、おかあさんが、がんだってわかってからは、おかあさんの姿かたちが変わっても、そこまで驚かなかった。あいかわらず、誰からも説明をされなかったけれど。

胸がぺたんこになって、髪もなくなって、ごはんもあんまり食べられなくなってしまったけれど、ぼくはそれを悲しむというよりは、これでおかあさんが回復するのかどうかの方が、ずっと心配だった。おかあさんは入退院をくりかえしていたけれど、そのころのぼくの気持ちは、「おかあさん、元気になるのかな？」ってそればっかり。

おかあさんが病院に行っていれば、「これでよくなるのかな」って思ったし、退院して家にいると、「今度は家にいる時間が多くなるのかな」って思っていた。でも、いつになっても、おかあさんは回復したようにはみえなかった。それどころか、入院が1か月ぐらいの長期にわたることもあった。

ぼくの気持ちはそのたびに揺らいで、いくら漕いでもちっとも前に進まないシーソーのようだった。

家ではあいかわらずママさんが、家事全般を切り盛りしていた。ママさんが来てくれる日がふえて、いつのまにか、ママさんがうちで寝起きするのが日常になった。

親父さんは長崎の途中から単身赴任になったから、家にはいない。御手洗家は、ママさんと怜美と、ときどき兄貴、という感じ。5人そろって川の字になって寝ていた熊本時代とは、えらい違いだ。このころはもう、兄貴も家にあまり寄りつかなかったから。

親父さんはもともと仕事であまり家にいなかったけれど、もう他所(よそ)の人になったようだった。だから、ぼくは親父さんに怒られた記憶はほとんどない。そもそも親父さん自身が、よっぽどのことがないと、怒らない人だったし。

長崎時代に親父さんが怒ったっていうのは、兄貴にだけだったと思う。家にパソコンが1台あったんだけれど、まだインターネットが電話回線のダイヤルアップでしかつなげない時代に、兄貴がこっそりエロサイトを見ていて、高額の請求書がNTTから届いたんだ。高校生の兄貴は、みんなが寝静まっている夜中を狙って、息を殺していやらしいサイトを堪能していたらしい。

おかあさんが、がんで弱っているときに、兄貴は隠れてエロいサイトで煩悩を満たしていた。電話料金がすっごくはねあがってばれて、親父さんもかなり怒っていた。兄貴はいつもそんな感じで天真爛漫だったから、ぼくの知らないところで、親父さんに怒られることがあったかもしれない。

そんな兄貴が、おかあさんの病院に通っていて、おかあさんの相談相手になっているなんて、ぼくはまるで知らなかった。しかも、兄貴の前で涙を流していたなんて。「男だったら泣いちゃいけん」。泣き虫のぼくに、はっぱをかけたおかあさん。ぼくの前では、おかあさんはいつだって明るくて、泣いたことなんてなかったんだから。

どれぐらい経ったときだろう。そう、小学校6年の最後の夏休みだ。

いつもより長めに入院していたおかあさんが、車椅子に乗って家に戻ってきたんだ。そのころには、寝起きが楽にできるように、うちには電動ベッドがあったし、車椅子も置いてあった。久しぶりにおかあさんが戻ってきて、ぼくはうれしかった。

でも、おかあさんが帰宅した、その意味合い。

そのときにはわからなかったけれど、要するに、その夏が、おかあさんが体を動かせる最後の夏になりそうってことだった。これから先の病状を考えると、今のうちに帰らないと、もう家には帰れないという状態だったらしい。もう回復の見込みがない、ということ。

おかあさんは、そこまで追い込まれていたんだ。「余命わずか」って話。それで、本当なら病院にいた方が楽なはずなのに、無理をして家に帰ってきた。

ひさしぶりに家に戻ってきたおかあさんは、ベッドで寝ている時間がかなり長くなってしまった。もう家のことは何もできなくて、ベッドに伏せながら、ぼくや怜美が遊んでいるのを見ている感じ。

怜美は小学校3年生。ちかくの音楽教室に通っていて、部屋にはアップライトピアノがあった。

「ねぇ、おかあさん聞いて」

習いたての楽譜を開いて、怜美がたどたどしく鍵盤を叩く。

保母さんだったおかあさんはピアノができたから、怜美が練習しているのを見てあげたりしていた。

怜美は、おかあさんの病名まではわからなくても、特別な時間が流れていることを理解していたはずだ。でも、ぼくも怜美もお互いそんなことは口にしなかった。その代わり怜美は、おかあさんのそばから離れずに、ぴったりとくっついていた。当たり前だけど、怜美もおかあさんが大好きだった。

すっかり影の薄くなった親父さんは、罪滅ぼしなのか、怜美にシルバニアファミリーのおっきな赤い屋根の家を買ってきたこともあった。怜美はおかあさんが寝ている部屋で寝そべって、それで人形遊びをしていた。でも、おかあさんは疲れていたから、最後には結局、ぼくが怜美のままごとに付き合う流れになった。


学校は夏休みだったけれど、ぼくは毎日バスケットボールクラブの練習があったから、おかあさんといつでも一緒というわけにはいかなかった。

バスケのクラブに通い始めたのは、小学校3年生から。本当は4年生にならないとクラブには入れないのだけれど、ぼくがバスケを好きなのをおかあさんは知っていた。あまり家でぼくの面倒をみられなかったおかあさんは、コーチに無理をいって、1年早めに入れてもらっていた。

ぼくは運動神経が悪い方ではなくて、走るのは学年で一番だった。体力も相手チームのコーチが驚くぐらいに、それなりにあった。身長も高かったから、上級生とも何とかわたりあえた。兄弟で一番最初にバスケを始めた兄貴はアッサリ空手に転向したけれど、ぼくはバスケを続けていた。ぼくに影響されて、怜美もバスケットボールをはじめた。


夏休みが終わる最後の日。12歳の夏。

その日はバスケットボールの練習試合があったんだけれど、スポーツに大して興味がないはずのママさんが、試合会場までぼくを迎えにきていた。

試合が終わるとすぐ、手を引かれるように家に連れて行かれた。それで「これを着なさい」って、ママさんが着がえの服を出してきた。手渡されたのは、おろしたての白いシャツと、紺色の布地のうすいベスト。どうみても新品だった。ママさんが、ぼくの知らないうちにデパートで買ってきた服らしかった。怜美も身じたくを終えていて、なんだか心配そうな顔をしていた。

よそ行きの服に袖を通して病院に行ったら、いつもおかあさんがいる大部屋とは違う、広い個室の部屋に連れていかれた。

ドアを開けると、単身赴任しているはずの親父さんや、高校で遊んでいるはずの兄貴がいた。ママさんのだんなさん、つまり、ぼくのおじいちゃんまで、家族全員がそろっている。ぼくも真新(まあたら)しい服装だったけれど、親父さんも見慣れないスーツ姿だった。そしてみんなの視線の先には、チューブでつながれたおかあさんがベッドに寝かされていた。

みんな黙ってて、心電図のモニターだけが、ぐにょぐにょと波打っていた。

「ああ、これはお別れなんだな」

病室を見渡して、ぼくははじめておかあさんの死を理解した。

もう、おかあさんが家に帰ってくることはない。

もう、おかあさんは助からないって。

おかあさんが入院してから、ぼくは家族のなかで、一番おかあさんに会っていない。学校があったし、バスケットボールがあったし、病院は家から離れていて、ぼくが足を運ぶには、だれかオトナと一緒じゃなければ無理だった。

それでも、会おうと思えば、ぼくだってもっと、おかあさんに会いに行けたはずだった。体調が悪くなっているのは、わかっていた。もしかしたら、治る可能性が低いのかもしれないってことも。

でも、あのおかあさんが、そんなにすぐに亡くなるわけがないって、ぼくは思っていたかったんだ。もし、おかあさんが死んじゃうとしても、もっとずっとずっと先の話だって。

がんであることを気づかなかったぼく。通院中に一緒に「おいしいもの」を食べられなかったぼく。おかあさんの最後の夏も、バスケットの練習に行っていたぼく。そういえばぼくは、おかあさんの人生について、ほとんど何も知らなかった。おかあさんの人生を、もしかしたら、家族のなかでぼくが一番知らないのかもしれない。それは、今でもちょっと後悔している。

病室の空気はよどんでいて、なんていうか重たかった。親父さんは、今にも泣きだしそうな感じで、ただ我慢しているだけなのがわかった。心のなかでは、もうずっと泣いていて、それを面(おもて)

に出さないように踏ん張っている感じ。

ずいぶんと先のことになるけれど、親父さんは、「直美（おかあさんのこと）が死んだときに俺はおかしくなった」って言っていた。その気持ちはわかる。このときの親父さんは、そうとう骨身にこたえていた様子だから。

意識がなくなったり、戻ったりしているおかあさんの手を握って、怜美は何度も「おかあさん」「おかあさん」って呼びかけていた。

どれくらい時間がたったのかわからない。それまで少しだけぐにょぐにょと波打っていた心電図が、どんどん波の山が小さくなって、夜中過ぎになって、まっすぐに走りだした。ピーという電子音が鳴り始めて、お医者さんが心電図を止めた。それで「ご臨終です」って告げられた。

その瞬間に兄貴は号泣していたし、怜美も声をあげて泣いていた。


兄貴も、怜美も、親父さんも、ママさんも、おじいちゃんも。みんな泣いていた。

でも、ぼくはひとりだけ泣けなかった。

おかあさんの前で、ぼくは泣いたらいけないような気がしていたんだ。

ぼくは泣き虫で、おかあさんから「つよい男の子になりなさい」「男なら泣くな」って言われつづけていたから、最後ぐらい我慢しようって。おかあさんの目の前で泣くのは嫌だなって思ってしまった。

みんなが泣いているなか、ぼくは一人だけ病室を出た。できるだけ音を立てないように、静かにドアを閉めた。廊下の電灯は消えて、しん、としていた。ぼくは黙って待合室のソファに腰をおろした。消灯時間を過ぎた待合室は、うす暗くて、だれもいなくて、ナースステーションの蛍光灯の白い灯りだけが、わずかに差し込んでいた。

何の気なしにぼんやりしていたら、ソファの脇の本棚に、病院で待っている人向けの雑誌が何冊か置かれていて、そのなかに週刊少年ジャンプがあった。

ぼくはマンガが好きで、少年ジャンプだったら、「ワンピース」とか「るろうに剣心」とか、「ナルト」を読んでいた。何でそんなことをしたのか、自分でもわからないのだけれど、ぼくは少年ジャンプを手に取って読み始めた。それが最新号だったのか、何を読んだのか、そもそも暗がりのなかで読めていたのか、まったく覚えていない。部屋を出てどれぐらい時間がたったのかもわからなかった。ただ、ぶ厚いジャンプのページをめくる乾いた音だけが、人気(ひとけ)のない病院に響いた。

「何してるん？」

顔をあげると、兄貴がすぐそばに立っていた。ぼくがいないことに気づいて、探しにきたんだ。ぼくを見つけた兄貴は、泣きながら笑っていた。黙っていたら、兄貴はぼくのとなりにめずらしく静かに座って、背中をさすってくれた。そうしたら、目に涙の粒がふくらんだ。粒がはじけて頬にこぼれたら、次から次へと涙が流れて止まらなくなった。

ずいぶんと距離の遠くなった兄貴だったけれど、その夜はとても近くに感じた。泣いている兄貴がそばにいてくれて、少しだけほっとした。

＊　＊　＊

おかあさんが死んだのは、とても悲しかったけれど、それでもぼくは、自分なりに覚悟はしていたのだと思う。受け止められるかどうかは別にして、受け入れなければいけないことなんだなって。ぼくはまだ子どもではあったけれど、おかあさんの闘病生活を6年近く、そばで見続けていたわけだから。

お通夜のときは、死に化粧というのか、おかあさんは葬儀屋さんにメイクをしてもらっていた。それを見て、キレイだなって思った。目の下のくまがなくなっていて、昔見たおかあさん、苦しそうじゃないおかあさん、いろいろと心配になるまえのおかあさんに戻ったようだった。

そんな感じだったから、夏休みが終わると、ぼくはわりとすぐに学校に戻った。

あれ？　えらく早いんじゃない？　先生から訃報を知らされていた同級生は、不思議に思ったみたいだ。クラスでも明るくふるまっていたし。

ショックを受けていた親父さんも、すぐに職場に復帰した。

親父さんは長崎から少し離れた諫早市の駐在所で記者をしていたんだけれど、おかあさんが死んだ直後に、その諫早で大きな事件が起きたんだ。

小学校1年生の7歳の女の子が殺された、「諫早女児殺害事件」って呼ばれる事件。犯人がなかなか捕まらなかったから、報道が日増しに大きくなった。

事件記者が好きではなかった親父さんだけれど、自分の持ち場で事件が発生してしまった。だからすぐに現場に向かわなくちゃいけなかったんだ。

逃げろ、全速力で。新しい人生を始めるんだ

僕（ぼく）

高校3年の夏。くそ暑い夏。僕は大学受験の真っただ中にいた。

それまではインターハイ予選があって、空手がすべてだった。がむしゃらに毎日毎日、練習に明け暮れた。長崎は空手の団体戦のレベルが高くて、長崎日大高校と瓊浦高校が、いつも県内1位を争ってる。どちらかが全国に出れば、優勝を狙えるチームだった。

僕が通ってる長崎西高校はというと、県内3番手争い。僕は2年生からレギュラーで、最後の大会では、団体戦の大将をつとめていた。その夏の大会は、高校3年間の集大成。惜しくも全国には届かなかったけど、完全燃焼した。

それが終わった直後から、僕は受験勉強にしゃかりきになった。

中学までは成績も良かったけど、高校ではほとんど空手しかやってない。すっかり学業はおろそかだったから、残りの半年だけでもちゃんと勉強して、偏差値をもっと上げていかんと、どこの大学にも引っかからない。

けれど親父は、「家事をちゃんとせい」「家のことを頼む」とか、あいかわらず小言を言ってきて、内心では「いやじゃ！　それどころじゃない！」って強く反発してた。それに「今の家族のこんな閉塞感、僕には向かんわ」って不満のガスが溜まりに溜まってた。

実際、向いてる子どもなんて、いるわけないんだ、それは。

お袋の最期は、その夏の終わりだった。

僕は中学1年から、6年間にわたってお袋の癌と付き合ってきたから、「とうとう、このときが来てしまったんやなぁ」って思ってた。

お袋はもう、癌が体中に転移していた。僕には、お袋がいつどうなってもおかしくないってわかっていた。だから、その日が来るのを、もうだいぶ前から覚悟はしてた。

でも、弟も、さっちゃんも、僕のように腹を決めて受け止めることはできなかったはずだ。親父だってきっと、しんどかった。いろいろ文句をつけたくなる親父だったけど、そんなサバサバできるタイプじゃ全然ないし、お袋に頼り切ってたし、会社の都合とはいえ、自分が近くで見守れなかったことを悔やんでるってことも、わかってた。だから、この先、長い間クヨクヨするだろうなって。

特にさっちゃんは、まだ小学校3年生だったから、それはきつかったと思う。お袋は入院と退院を繰り返してて、「お母さんは、なんで家にいないんだろう」って不安だっただろうし、オッパイがなくなって、体も痩せこけてしまって、動揺してたと思う。ずっと心細そうだった。

さっちゃんは、ずいぶんと僕になついてた。小学3年生から見たら、高校3年なんて、兄妹というより、もうオトナの部類に入ってるはずだ。あたりまえだけど、僕はさっちゃんが知らないことをいっぱい知ってるし、できることだってたくさんある。幼いさっちゃんには、それだけで何か尊敬の対象にされていた。

僕もさっちゃんのことを、「かわいいなぁ」って、どっちかというと兄貴目線というより親目線でみてたかもしれない。

だからなのか、お袋の病状が悪くなると、さっちゃんは「お母さん、これからどうなるん？」ってよく僕に聞いた。

「病院に行って、先生に治してもらうんよ」

僕はそれしか言えんかった。さっちゃんに本当のことなんて話せない。「悪くなってる。危ないかもしれん」なんて口が裂けても言えない。さっちゃんは、たぶん親父やママさんにも同じことを聞いていた。

それでもさっちゃんは、やっぱり、こういった家庭で過ごしていたからか、年のわりには、けっこうオトナびたところもあった。一番下の末っ子だけど、「家族を私が支えなきゃ」みたいな、かわいらしい気負いがあった。みんなを和（なご）ませようと、わざとあどけない冗談を言ってみたり、ママさんにさりげなく気を遣ってみたり。

弟にも少しそういう面があったけど、僕はそういうことをすること自体が嫌だった。でも、さっちゃんは自然にみんなを笑わせてた。

僕ら兄弟妹（きょうだい）のなかで、さっちゃんが、一番背伸びしてオトナになろうとしてたのかもしれない。

8月31日の深夜。日付が変わるころ。病室では、みんなが代わる代わる、目をつむったまま昏睡状態のお袋に呼びかけていた。それ以外はだれも何もしゃべらない。弟はずっと黙ったままだった。

お袋は、ときおり意識が戻ったり、また薄れたり、朦朧とするなかで、僕の名前を呼んだ。それから、さっちゃん、弟の名前も。でも、だんだんと言葉を発する力も弱くなってきて、何か声を漏らすんだけど、言葉として聞き取れないぐらい、かすれて曖昧になっていった。

「ご臨終です」

静かに医者がお袋の死を告げた。

さっちゃんが、声をあげて泣きだした。親父も、もうこらえてはいられなかった。僕自身も整理がついてると思ってたんだけど、気づいたら、あたりかまわず泣いていた。胸につかえていたものが、喉からどんどん吐きだされていった。

そんなとき、弟だけがいなかった。

心配になって探したら、一人で部屋を出て、待合室のソファに座っていた。

隣に腰かけて、背中をさすってやったら、アイツの目から大粒の涙がこぼれ落ちた。

「あまり感情を表に出さんし、何も言わんヤツやけど、泣きよるんやなぁ」

珍しく、兄貴として、弟がいじらしく思えた。

「もっと泣け。ちゃんと泣け」

僕は、弟の背中をつよくさすった。


夏が終わった。お袋の長い闘病生活が幕を下ろした。それから、僕は受験勉強を本格的に始めることになる。何としても、家を出たいと思ったからだ。お袋もいなくなってしまったし、まだ弟もさっちゃんも小さかったから、親父としては、僕に長崎に残ってほしいみたいだったけど、一度断ったら、それ以上は強く言われなかった。

もうこんな閉塞感は嫌や。

ここから逃げよう。

この息苦しい家を出ていこう。

僕の新しい人生を始めよう、って決めたんだ。

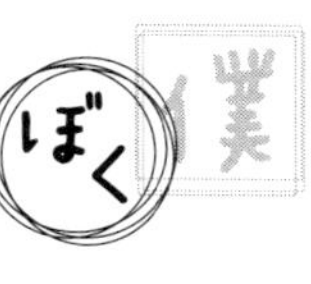

友だち兄妹（きょうだい） 怜美とぼく

おかあさんがいなくなってから半年後。兄貴は、さっさと大学に入って、家を出て行った。

そして、ぼくと怜美も、長崎を離れた。

単身赴任を続けていた親父さんが、この春から佐世保支局の支局長になったからだ。

ちょうど桜の花がほころびかけたころで、ぼくは中学に入学するのと同時に、佐世保に引っ越した。佐世保は同じ県内だけれど、長崎からは北に60キロぐらい離れている。

福岡から数えてこれで4度目の引っ越し。小学校を一緒に過ごした友だちと離れるのは寂しかったけれど、親父さんの仕事の関係で、ぼくもだいぶ転校慣れしていたから、あまり抵抗はなかった。

それに、ちょうど中学に上がるタイミングで転校できたのも、ラッキーだった。入学した清水中学校は、近くの小学校4校の生徒が入ってくる学校で、それぞれみんな、同じ小学校だったやつ以外とは、まだ仲良くなっていなかった。

「おてあらいくんは、長崎から来たん？」

まだ落ち着かないころに、誰かがワザと、ぼくの名字の御手洗(みたらい)を「お手洗(てあら)い」と呼びだした。ぼくも冗談に乗って、そう言ったやつを片っぱしからフザけて背負い投げでふっ飛ばすって遊びをやりだしたんだ。そんなふうにフザけ合っているうちに、友だちがすんなり増えた。

友だちができたきっかけは、御手洗ってめずらしい名字のおかげ。

今じゃあんなにふてぶてしい兄貴が、小学校のころ御手洗って名字にひっかけて「女子便」なんてからかわれて、いじめられたなんてことは、ぼくはまったく知らなかった。


担任は、音楽を教えるパワフルな女の先生だった。入学直後は、まだ周りの男子が声変わりしていなかったから、クラスのなかでも早めに声変わりして、バスの音域が出るぼくを、音楽の授業でも重宝して使ってくれた。30代後半ぐらいで、情に厚くて、明るいタイプの人だった。

部活はバスケットボールに入ったけれど、ぼくは小学校からクラブでやっていたし、入学した時点で身長が１７０センチぐらいあったから、１年生でもすぐにレギュラーのユニフォームをもらえた。クラスにも部活にも、ぼくはすぐに溶け込むことができた。


中学入学と同じタイミングで引っ越したから、ぼくは比較的楽だったけれど、怜美の方は小学校４年からの転入だから、大変だったかもしれない。

玲美が入った大久保小学校は、弓張岳（ゆみはりだけ）という山の中腹にあって、1学年1クラスしかない、すごく小さな小学校だった。ってことは、6年間ぶっ通しでクラス替えなしってことだ。言ってしまえば、もう閉鎖的に完全にグループができあがっている世界に、たった一人で玲美は入り込まなければいけなかった。

でも玲美は、そこはうまく打ちとけていったみたいだ。やっぱりおかあさん譲りの人付き合いのうまさがあった。玲美はすっとグループに入って、気づいたら友だちをつくっていた。なにしろ、1学期の始業式の数日後には、ウチに女の子が何人か遊びに来ていたぐらいだから。

おかあさんも、人と人とをつなぐのが上手で、いつのまにかグループの中心にいたけれど、玲美にも、おかあさんに似た気の利いたところがあった。

悲しいかな、ぼくなんか、みごとに親父さんの血を継いだ。初対面の人と付き合うのが、とても苦手。ぼくが玲美の立場だったら、クラスに溶け込むのは難しかっただろう。

佐世保に来て何よりも変わったのは、ぼくたち家族の暮らしだ。親父さんと、ぼくと、玲美。3人だけの生活がスタートしたんだ。

家のなかのリーダー的な存在だったおかあさんは、完全にいない。ママさんも、もう来ない。兄貴も遠くの大学で一人暮らし。それにとって代わるような形で、生活のなかに、きまって親父さんがいるようになった。3人だけの暮らしは、なんだかぎこちない感じがした。

おかあさんを亡くして、親父さんがどんな気持ちでいるのか、ぼくは聞いたことがなかった。部活や勉強で忙しかったたし、親父さんもぼくの前ではおかあさんの話をしたり、気落ちしたりする様子を見せなかった。でも、けっこう怜美の前ではそういった表情もみせていたらしい。怜美は、自分だってちっちゃくて、さびしいはずなのに、ぼくの前でさえ落ち込んだそぶりをみせなかった。

それどころか、肩を落としがちな親父さんに、

「父さん、ポジティブじゃなきゃダメよ」とか、

「くよくよしたって、しかたないじゃない」

なんて、まるでおかあさんが言いそうなことを言って、親父さんを励ましていたらしいから。

急に大人っぽくなった怜美は、いつのまにか、ぼくよりも、親父さんよりも、しっかりした物言いをするようになった。怜美が家族のリーダーになれていたかはわからないけれど、少なくとも、怜美が新しい家族の中心になろうとがんばっているのだけは伝わってきた。

親父さんが支局長をつとめることになった佐世保支局は、独特のつくりだった。

支局の建物は、小さいけれど3階建てになっていて、1階が駐車場で、2階が職場で、3階がぼくらの家だった。つまり、ぼくらの住まいが、会社と同じ建物のなかにあるということ。2階（会社）から階段を上がると、もうそこがぼくたちの家。まるで田舎の交番みたいなつくりだ。

ぼくらは会社の上で、何というか「住み込み」みたいな生活を送ることになった。親父さんは、朝起きて布団から出ると、すぐに着替えて、仕事場の2階に降りていく。日中は2階でデスク業務をして、仕事が片付くとまた階段を上がって、3階の自宅に戻ってくる。

基本いないのが当たり前だった親父さんが、佐世保に来てからは、朝から晩まで近くにいる。24時間態勢で親父さんと同居。セコムじゃあるまいし、極端だ。それって、逆に普通の家よりも、ずいぶん家族といる時間が長くなっている。

夜だって、そう。今まで「いないはず」だった親父さんが、晩ご飯を作って、ほぼ確実に食卓を一緒に囲んでいる。朝ご飯でさえも、顔をつき合わせる。

でも……。そこにおかあさんがいたら会話が弾むんだけど、親父さんだけだと、なかなかしゃべらない。ぼくも無口だし、親父さんはもっと無口。何だか、何をしゃべったらいいのかわからなくて、居心地がよくなかった。友だちを呼ぶにしても、四六時中（しろくじちゅう）ウチに親父さんがいるので、やっぱり呼びづらい。兄貴だったらきっと、この閉塞感に耐えられなくて、ストレスを爆発させていただろうな。

それまでぼくは、親父さんがどんな感じで仕事をしているかなんて知らなかったし、あまり興味もなかった。でも、佐世保に来たら、親父さんが電話で取材をしたり、部下が出した記事に手を入れたり、見出しを変えたり……と、その仕事の一部始終がわかった。やっぱりずいぶんと忙しいんだな、とか、あんがいアナログだなぁとか。ああ、新聞記者の仕事って、こんな感じなんだって。今まで知らなかった親父さんの職場の世界が、自然と目に飛び込んできた。

佐世保支局には、親父さんのほかに、若い男性記者が2人いた。僕らは3階で住み込みだし、若い記者もまだ20代で独身だったから、晩ご飯を3階に上がって食べにきたりもした。まるで家内制手工業の現場だ。でも、若い記者とはいえ、ぼくにとったら、やっぱりだいぶ年が上だったので、話が盛り上がるわけではなかった。おしゃべりな怜美でさえも、さすがに知らない男の人がきて、にぎやかに話す感じではなかった。

でも、そんなふうに「家」と「会社」の垣根があいまいだったから、何となくいつも親父さんの職場の空気が伝わってきて、新聞社のなかにぼくたちの生活がくるまれているっていう実感があった。

怜美は学校から家に帰ってくると、2階の職場に遠慮なく入っていって、親父さんに「ただいまー」とか言っていたけれど、ぼくはたいてい黙って3階にのぼった。ぼくが職場に入ったことなんて、数えるほどしかない。若い記者が取材先から生ガキをもらってきて、それをガスコンロで焼いてみんなで食べたときぐらい。すっごく美味しかったけど。

やっぱり中学生のぼくにとって、若くても親父さんの部下は、社会人だし、ずいぶんとオトナに見えていた。

佐世保に来てから、親父さんとの関係が変わったけれど、ぼくと怜美との関係も、少しずつ変わりだしていた気がする。

熊本のころは、怜美も幼稚園だったし、長崎でもまだ小学校3年生。仲は良かったけれど、同レベルで話すというには小さすぎたし、ぼくが怜美をかわいがっていて、面倒をみていた、という関係にすぎなかったと思う。

それが佐世保で暮らすようになって、怜美との親密さが、ぐっと濃くなって、距離が近づいた。おかあさんが亡くなったこともあるかもしれないけれど、怜美は6年生にもなると、すごく変わった。女の子って、やっぱり同じ年ごろの男子よりも、ませている。3歳違いだけれど、もはや感覚としては同世代と同じ。だんだん、ぼくと対等に会話が成立するようになってきた。小学生にしては、話す内容もかなり立派なものだった。おかあさんのレコードの影響で、ビートルズなんかも聴きだした。

親父さんが仕事で忙しいときは、怜美と一緒に晩ご飯をつくることもあった。近くの「エレナ」ってスーパーに買い出しに行って、たとえば怜美の大好物だった肉じゃがをつくった。じゃがいもの皮をむいて、豚肉を一口大に切って、ニンジンを乱切りにするのは怜美の仕事。ガスコンロの火を管理するのと、味をととのえて盛り付けるのが、ぼくの役割だった。

料理はおかあさんが亡くなったあと、ママさんがつくっているのを見よう見まねで覚えた。だから、サバやカレイの煮つけなんて渋い和食も、2人でつくった。

怜美とはゲームもよくやった。ゲームキューブの大乱闘スマッシュブラザーズＤＸで、２人同時プレイをしたり、対戦ゲームのライバルでもあった。特にスマブラはスーパーマリオやドンキーコングとか、おなじみのキャラクターが登場したから、めちゃくちゃ流行っていた。このゲームは最大４人まで同時にプレイできるから、そうなると怜美の同級生までも巻きこんで、一緒に遊んだ。

それに、マンガの趣味も合っていた。２人でお小遣いを出し合って、ワンピースやナルトの新刊を買い集めては、順番に回し読みしていた。

怜美は少女マンガも読んでいて、「りぼん」で連載していた「満月（フルムーン）をさがして」というのが面白くて、ぼくも貸してもらって読んでいた。

ただ、怜美がいなくなったから、物語のラストをぼくは今も知らない。

ぼくは親父さんが常に家にいるから、友だちを家に呼ぶのは何となく苦手だったんだけれど、怜美はそんなのまったく気にしなかった。だから怜美の同級生はしょっちゅうウチに遊びに来ていた。

怜美は学校のことを結構ぼくに話すから、ぼくも怜美が小学校6年生ぐらいのころには、同級生の名前は全部覚えていたし、ひとりひとりの性格も何となくわかっていた。

あと、共通の趣味だったのは、パソコンだ。ぼく自身はパソコンをやり始めたのは長崎時代、小学4年生のころ。ウィンドウズ95が家にあって、兄貴はそれでエロサイトを見ていたわけだけれど、ぼくはそれでパソコンゲームの「信長の野望」にハマった。「信長の野望」で天下統一を目指しながら、ぼくはパソコンの世界に引っ張りこまれた。

佐世保に来てからは、怜美もパソコンに興味をもちだしたから、キーボード入力のやり方や、かんたんなソフトの使い方、メールやインターネットの使い方まで基本的なことを教えてあげた。ホームページの作り方なんかも怜美はすぐに覚えた。

あのころの怜美。まだスカートもはかずに、ジーパンばかりを好んではいて、ぼくと遊んだり、張り合ったりしていた怜美。ＳＭＡＰと宇多田ヒカルが好きで、壁にポスターを貼ったりしていた怜美。ぼくに学校の勉強でわからないところを聞いてきたり、友だちのことなんかもひんぱんに相談してきていた。おかあさんがいないから、きっとぼくが母親代わり。いちばん近い相談相手だったんだと思う。

怜美がまだ思春期に入る前の、あのころが、ぼくと怜美が男も女も関係なく遊べるぎりぎりの時間だったのかもしれない。

それが、こんなことになるなんて。

あたりまえの現実が、ちょっとしたことで壊れてしまう。

僕（ぼく）

キャンパスライフに咲いた花
それはアンジェリーナ

「高校を卒業したら、どこでもいいから、長崎県外に出る」

あの夏、お袋を亡くして、僕はそう心に決めた。

もう家を出よう。とにかく、どこかに逃げ出そう。どこか遠くの大学に行こうって。それで、じゃあ具体的にどこの大学に行こうかと頭をひねったとき、心理学が勉強できる学校がいいなと思いついた。

心理学に興味が出てきたのは、いつごろやったっけ。きっかけは、たしか小学校のとき。そう、熊本に転校したときのはずだ。名字をからかわれて、嫌な思いをしたことだ。

わりに自己中だった僕が、それをきっかけに、ふと周りをみまわしたら、案外、自分のほかにもいじめられてるヤツっているんだなっていうことに気づいたんだ。そういう問題を解決するために、カウンセラーという仕事があるってことも知った。そうや、僕カウンセラーになりたい。

そんな風に僕は、大学で心理学を専攻しようって決めた。

それと、もうひとつ決め手になったのは、やっぱり空手。

中学高校と空手に全身全霊をつくしてきたから、これは大学に入っても絶対に続けたかった。空手に精進して、空手道を極めたかった。

心理学を学べること。空手ができること。この2つが僕にとって大学の絶対条件だった。

ただ、中学時代までは成績は良かったけど、高校に入ってからは、空手9、勉強1ぐらいの割合だったから、成績はガクンと下がってた。特に数学はぜんぜんわからんようになって、すっかり赤点の常習犯。センター試験でいうと、4割ぐらいしか点が取れないお粗末な状況だった。

国立大学で心理学科を受けるとなると、必要な偏差値は63とか64ぐらい。僕の成績だと、国立はあきらめた方がよさそうだった。

そうなると、選択肢はかなり限られる。それで僕は、今の成績でもなんとか手が届いて、心理学と空手の両方の条件を満たした四国の私立大学に滑りこんだ。

やった!!

華のキャンパスライフ。もちろん、初めての一人暮らし。口うるさい親父もいないし、ママさんもいないし、弟妹もいない。開放感がめちゃくちゃあった。これで僕もようやく一人だぞ!

これからは自由だぞって。

高揚感が、これまでの僕の人生に立ち込めていたぶあつい雲を、いっきに突き抜けていった。

そして、今も昔も、大学は、最初が肝心。ものすごくありがちだけど、僕はそれまでメガネだったのに、大学でコンタクトデビューを果たした。視力が0・01以下しかなくて、牛乳瓶の底みたいなメガネをかけてたんだけど、コンタクトレンズに変えたら、一気に見た目が変わった。もともと身長は180センチあったし、空手をやってたおかげで筋肉はそれなりについている。痩せてシュッともしていた。

そして、入学した学科は、130人中、女の子が100人を占める学科だった。キャンパスを眺めたら、360度、ほぼ全員女の子。見渡す限り、女の子、女の子、女の子。男は30人ぐらいしかいない。この状況で浮かれない男がいるわけがない。

僕は調子に乗って、新入生で一番かわいい女の子を口説いた。そしたら、なんとうまくいって、そのめちゃくちゃかわいい子と付き合えることになったんだ。

その子は高知の出身で、土佐弁でいうところの「はちきん」。男勝りで、何かの拍子にからかったら「おまはんの脳ミソ、鳴門の渦で洗濯しちゃるきね」って怒られた。「うわ、怖っ」て。でも、一本気で、気立てが良くて、快活だった。そして見た目は、ハリウッド女優のアンジェリーナ・ジョリー。彼女はダンス部に入ってて、ヒップホップやR&Bを踊ってて、スタイルのいい子だった。僕の胸は高鳴った。ひとめぼれだった。

大学生といったって、まだ、みんな2週間前まで高校生だし、みんな初めての一人暮らしだ。

入学したてで浮わついているときに、グループでワイワイ騒いで、友だちの家でそのまま雑魚寝した夜。僕はアンジェリーナの寝ていた布団に潜りこんで、勢いでキスをした。そしたら、「チュウしたんやから、責任取ってくれるがやろね」って。

グッときた。これって相思相愛?! 入学わずか2週間で超かわいい彼女ができるなんて。

この大学に入って、ホンマによかった。

お袋が病気して、長崎で実家暮らししてたときのマイナスの生活から、一気にプラスの人生に反転した。急に毎日が夏の太陽をあびたように、すっごく楽しくなった。

ただ、アンジェリーナはカラッとした子で、その数か月後には「他に好きな男ができた」ってアッサリ振られてしまうんだけど……。でも、それでも僕は全然かまわなかった。全然楽しかった。

高校時代は頭に重石が乗ったような息苦しい生活だったけど、ようやくそこから解放された。プレッシャーゼロの、アホで浮かれた大学生活が幕を開けた。

ちなみに、続けたかった空手は、あっという間に熱が冷めてしまった。なぜなら、入った空手部の先輩たちがむちゃくちゃ弱かったから。長崎は、県で1位の高校が全国で優勝争いをするぐらいレベルが高かったけど、大学の部活では、きのう今日空手を始めましたっていう初心者も多くて、なまぬるく感じてしまった。

大学でやってたのは、パワー系の琉球空手だったんだけど、これまでスピード重視の空手をやってきた僕からしたら、動きがゆっくりに見えてしかたがない。大学の部活では物足りなくて、ためしに社会人も混ざった新人大会に出たら、いきなり西日本2位になってしまった。充実するよりも先に、なんか、つまらんって思って、やる気がプチンと切れてしまった。じゃあ他の流派の道場を探すかというと、それもめんどくさかった。大学選びの条件だった空手という大きな軸が、モロくもあっという間になくなっちゃった。

代わりに僕の大学生活の大きな軸になったのが、バンド活動だ。

きっかけは1年生のときの大学祭。空手部代表としてカラオケ大会に出場したら、そこで優勝してしまったことだ。僕はお袋に似て、もともと歌うことは好きだったし、軽音楽部の女の子に「ウチの部に入らない?」って誘われて、そのまま入部した。

ちょうど社会人とスカバンドを組む機会もあって、それにも熱中した。対バンをいろんな人と組むことがあって、これは少し先になるけど、まだ有名になってないころの星野源がリーダーだった「サケロック」と対バンをしたこともあった。もちろん僕もあの星野源だとは認識してなくて、「この人、めっちゃギターうまいな」って思っただけだったけど。

家を離れてからの僕のあたらしい人生は、開放感と煩悩で、チャクラ(小宇宙)が開きっぱなし。

親父からの仕送りはあったけど、遊ぶにはぜんぜん金が足りないから、アルバイトも始めた。近くにあったレンタルビデオ屋だ。午後8時から入って朝の5時まで、ほぼ毎日シフトを入れて働いた。

もちろん、学校は行っても寝てばかり。出席の返事だけして、あとは教室の一番後ろの長椅子で、ひたすら寝てた。

もう完全に糸の切れたタコだった。

そう、佐世保の家のことなんて、親父はもちろん、弟やさっちゃんのことだって、すっかり忘れてたんだ。

さっちゃん。ごめんな。

御手洗恭二（父）

さっちゃん。今どこにいるんだ。母さんには、もう会えたかい。どこで遊んでいるんだい。

さっちゃん。さとみ。思い出さなきゃ、泣かなきゃ、とすると、喉仏が飛び出しそうになる。お腹の中で熱いボールがゴロゴロ回る。気がついたら歯をかみしめている。言葉がうまくしゃべれなくなる。何も考えられなくなる。

もう嫌だ。母さんが死んだ後も、父さんはおかしくなったけれど。それ以上おかしくなるのか。

あの日。さっちゃんを学校に送り出した時の言葉が最後だったね。洗濯物を洗濯機から取り出していた父さんの横を、風のように走っていった、さっちゃん。顔は見てないけど、確か、左手に給食当番が着る服を入れた白い袋を持っていたのは覚えている。

「体操服は要らないのか」

「イラナーイ」

「忘れ物ないなー」

「ナーイ」

うちの、いつもの、朝のやりとりだったね。

5人で、いろんな所に遊びに行ったね。東京ディズニーランドでのことは今でも忘れない。シンデレラ城に入ってすぐ、泣き出したから父さんと二人で先に外に出たよな。父さんは最後まで行きたかったのに。なんてね。

でも、本当にさっちゃんは、すぐに友達ができたよな。これはもう、父さんにはできないこと。母さん譲りの才能だった。だから、だから、父さんは勝手に安心していた。いや、安心したかった。転校後のさっちゃんを見て。

母さんがいなくなった寂しさで、何かの拍子に落ち込む父さんは、弱音を吐いてばかりだった。「ポジティブじゃなきゃ駄目よ、父さん」「くよくよしたって仕方ないじゃない」。何度言われたことか。

それと、家事をしないことに爆発した。ひどい父さんだな。許してくれ。

家の中には、さっちゃん愛用のマグカップ、ご飯とおつゆの茶碗、箸、他にもたくさん、ある。でも、さっちゃんはいない。

ふと我に返ると、時間が過ぎている。俺は今、一体何をしているんだ、としばらく考え込む。

いつもなら今日の晩飯何にしようか、と考えているはずなのに、何もしていない。ニコニコしながら「今日の晩御飯なあに」と聞いてくるさっちゃんは、いない。

なぜ「いない」のか。それが「分からない」。新聞やテレビのニュースに父さんや、さっちゃんの名前が出ている。それが、なぜ出ているのか、飲み込めない。

頭が回らないっていうことは、こういうことなのか。さっちゃんがいないことを受け止められないってことは、こういうことなのか。これを書いているときは冷静なつもりだけど、書き終えたら元に戻るんだろうな、と思う。

さっちゃん。ごめんな。もう家の事はしなくていいから。遊んでいいよ、遊んで。お菓子もアイスも、いっぱい食べていいから。

6月1日

今でもたまに、夢にみる。

ぼくは、誰もいない部屋に一人、閉じ込められている。せまくて暗くて逃げ出したいのに、からだが言うことをきかない。ドアノブにも手が届かない。やっと手が届いたと思ったら、外側からがんじょうなカギがかかっている。

あれ？　出られない。どうして部屋から出られないんだ？　何でこんなところに閉じ込められているんだ？　息が苦しくなって焦っているうちに、あぁこれは6月1日の夢なんだなって、夢のなかで気づく。


あの年の6月1日。ぼくは中学3年生だった。

その年の梅雨入りは、平年より1週間早くて、ずいぶんと早く不快な季節がやってきた。

朝から蒸し暑かった。支局3階の窓から広がる空が、灰色に沈んでいた。

いつもどおりぼくは朝7時に起きて、いつもどおり親父さんと怜美と3人で朝飯を食べた。ご飯とみそ汁に、ウィンナーとかを炒めた軽い朝ご飯。それで、一緒のテーブルでNHKの朝の連続テレビ小説を観てから、すぐに学校に向かったんだ。佐世保に来てから、朝の連ドラを地上波より放送時間が少し早いBSバージョンで観るのが日課だった。たしかそのときは「天花」って女の子が保育士をめざすドラマ。長崎出身の歌手のMISIAが主題歌を歌っていた。

怜美も一緒にテレビを見ていて、終わってぼくがすぐに「行ってきます」と立ち上がって、怜美は「行ってらっしゃい」って。たぶん、それだけ。朝はほとんどしゃべっていない。

そのあと怜美もすぐに小学校に向かってる。きっとあわてて家を飛び出したんだ。

親父さんが家で最後に怜美と話していて、

「体操服もっていかなくていいのか」

「イラナーイ」

「忘れ物ないなー」

「ナーイ」

って、やり取りがあったみたいだから。

でも、親父さんはそのとき洗濯機の操作に気を取られていて、背中側を走っていった怜美の姿は見ていなかったらしい。そう、あの日はいつも以上に平凡な朝だったんだ。

ぼくが通っている中学校は家から近かったから、学校に着いたのは朝8時をすこし回ったころ。教室はガランとしていて、一番乗りだった気がする。そのころわりに本が好きで、ぼくはライトノベルのような本を読んでいた。いつもと変わらない、ただの平日だった。少なくとも午前中までは。

昼に売店でパンを買って食べ終えたあと、なぜだか5時間目の授業が自習になった。お腹がふくれて、ちょっと眠くなった午後1時過ぎだった。

「今日自習だって！」

クラスの誰かが言って、みんなが近くのヤツと、さわがしくおしゃべりを始めた。これも、いつものよくある自習の風景だ。

ちょっと違っていたのは、うちのクラスだけでなくて、他のクラスも自習になっていたこと。同じ学年どころか、全学年の全クラスが自習になっていた。ただ、ぼくらは自分のクラスが自習になった、ぐらいにしか考えていなかった。

5時間目の授業が終わりかけるころ。担任の国語教師が教室に入ってきて、

「御手洗、校長先生から話がある」ってぼくを呼んだ。

え？

クラス全体がざわついて、先生がまじめな顔のままだったせいか、急にシーンとなった。

ぼくは驚くというより「あれ？　何かしたっけ？」って最近の自分のふるまいを慌てて思い返していた。

別に思いあたるフシなんて何もなかった。

「御手洗、オマエ何悪さしたんや？」

「ないない。何もしとらんわ」

サッカー部のお調子者のコマツって同級生が、友だちみんなに聞こえるように、少しからかった調子で聞いてきて、ぼくもふざけて返した。クラスのみんなもちょっと笑って、ようやく教室の空気が和んだ。

でも、担任の先生は笑わなかった。何だか表情が硬くて、おかしな雰囲気だった。

連れていかれたのは、1階の生徒指導室。この生徒指導室には、部屋のなかにさらに狭い談話室があって、ぼくはその談話室に連れていかれた。


初めて入る部屋。そこは窓がない部屋だった。

蛍光灯の灯りもぼんやり青白くて、すごく狭くて、うす暗い殺風景な部屋。低いテーブルをはさんでソファが2つ向かいあっていて、ぼくは奥に座らされた。

ドアが静かに閉められた。

板張りの床が、鈍く光っていた。

ぼくがソファの真ん中に座る形で、右隣に1年のときに担任だった音楽の先生、左隣にバスケ部の顧問の先生。正面のソファには、校長先生と、教頭先生と、カウンセリングルームの先生が座っていた。さらに、脇には今の担任が立っていて、入り口にも何人か先生がいた。9人がギュウギュウの狭い部屋のなかに、生徒はぼく一人。なぜかぼくに関わりのある先生たちが勢ぞろいして、ぐるっとぼくを取り囲む。で、誰もぼくにしゃべりかけない。

「これ、読んで」

正面のソファに腰をおろした校長から、いきなり1枚の紙ぺらを手渡された。「Yahoo! ニュース」のコピーだった。

■小6女児　切られ死亡／佐世保の小学校　同級生がカッターで

1日午後0時54分ごろ、長崎県佐世保市東大久保町の市立大久保小学校から「6年生の女の子が教室で同級生に刃物で切られた」と119番通報があった。

消防隊員が駆けつけたところ、首から血を流した少女がうつぶせで倒れており、既に死亡していた。

殺されたのは、毎日新聞佐世保支局長、御手洗恭二さん(45)の長女、怜美(さとみ)さん

（12）。同級生の少女が「自分がやった」と認めたため、佐世保警察署は少女を補導し、児童相談所に通告した。
凶器はカッターナイフだったという。


言葉が出なかった。

それは、インターネットで速報として流れた記事だった。ほんの5〜6行。それ以上、詳しい情報はいっさいなかった。

ぼくはその紙ぺらを手にしたまま、きょろきょろと大人たちを見まわした。けれど、やっぱり誰も言葉を口にしない。先生たちも困ったような顔をしていた。何だかぼくと目を合わせるのを嫌がっていた。


お互いに沈黙している時間は、すごく長かったと思う。

急にバスケ部の顧問の先生が、

「このあいだ、帰り道でジュース買ったことを怒ってごめんな」

と謝ってきた。少し前に、部活帰りに買い食いをしているのを見つかって、バカヤローって怒られたことがあった。

今それを言われてもなぁ……、としか、思えなかった。怒られても当たり前のことだったし。

たぶん、顧問も周りもそうとうに息が詰まっていたんだと思う。ぼくが一言もしゃべらないし、自分たちが何を話したらいいのかもわからなかっただろうし。

「泣いてもいいのよ」

1年のときに担任だった音楽の先生が、隣に座って手を握り続けてくれていた。

でも、そんなこと言われても、涙なんか出るわけがなかった。Yahoo! ニュースのコピーを渡されて、それで事態をわかってくれ、みたいな感じで泣けるわけがない。とてもじゃないけど、自分の頭が理解に追いつかない。けさ「行ってきます」ってぼくが声をかけた怜美の名前が、何でYahoo! ニュースに載っているんだろう? 思考がその先に、進まない。

談話室には、先生がたくさんいたし、時折何か話しかけられたような気もするけれど、誰の言葉も、ぼくが求めていた言葉じゃなかった。今の状況を誰一人説明してくれなかったし、今のぼくがどうすればいいのかを教えてくれる人もいなかった。

ここから逃げ出して、同級生がいる教室に戻りたい。

そのときのぼくの気持ちは、それだけ。息が詰まって、とにかく耐えられなかった。

実はぼくが教室を出てから、クラスの奴らは緊急の全校集会に駆り出されて、そのまま下校していたらしい。そのことを知ったのは、かなり後のことだ。たしかに、ぼくがいたら、同級生も先生も、「御手洗の妹が死んだ」なんて切り出しにくいのかもしれない。大人の対応だったのかもしれない。

ここから出たい、とにかく一息つきたい。

「すみません、トイレに行ってきていいですか？」

ぼくは、とりあえず男子トイレに逃げた。洗面台の鏡で自分の顔を見た。ひどい顔をしている気がした。水道の蛇口を勢いよくひねって、顔をバシャバシャと洗った。それでも、自分のなかで何かが変わったわけではなかった。

でも、戻る場所は、談話室しかない。戻る途中ですれ違った女の先生が泣いていた。ぼくよりも先生たちの方が、ずっと感情的になっていた。

談話室に戻って、もう一度コピーを読んだ。それで「誰がやったんですか、これは」って、ぼくにしたら、けっこう強い調子で聞いた。記事には怜美の名前だけが出ていて、怜美が死んだ、カッターナイフで切られた、と書かれていたけれど、カッターで切ったのは誰か、については「同級生」とだけしか書いていなかった。

怜美のクラスの子だったら、全員の顔と名前がわかっている。だから、どうしても知りたかった。先生たちからはボーッと放心していたように見えたかもしれないけれど、そのことばかりが気になっていた。

誰なんだろう、誰がやったんだろう、って。

「そんなこと、今は気にしなくていい」

それが先生たちの答えだった。

それはないだろ——。

口にはできない反発がこみあげた。

まだそのときは、20歳未満の子どもは人を殺しても名前が出ないなんて、法律のしくみは知らなかった。怜美のほうだけ名前が出ているのに、やった相手の子の名前がないのは、おかしいと思った。

だって、やったのが男の子なのか、女の子なのかさえもわからない。

ひょっとして、まだ捕まってないんじゃないのか？

大人たちが何も答えないから、頭の中でぐるぐるといろんなことが回りはじめた。でも、「この大人たちに何か聞いても、あまり意味がないな」とも思いはじめていた。

壁にかけられた時計の針は、ぼくが期待するよりも、全然進まなかった。

学校中で、ぼく一人が残された。狭い談話室で、先生たちに囲まれていたけれど、ぼくは一人ぼっちだった。ほとんど話らしい話なんてしなかった。

目を合わせる相手もいないから、ソファの前のテーブルをじっと見つめていた。

そのときには、たぶん頼れるのは親父さんだけという気がしていた。親父さんならきっと、ちゃんと状況を説明してくれるだろうって。

談話室に入ってから、たぶん、2、3時間後だったと思う。ぼくは警察のバンに乗せられて、学校を出た。車窓を白いレースのカーテンでふさいで、外から中がのぞき込めないようになっている警察車両。「被害者の兄」が乗っているのを、マスコミにばれないように配慮したんだろう。


このときは「事件」という感覚はまったく持てないでいたけれど、世の中的には、「事件」どころか「大事件」だったのだと思う。小学生が教室で同級生に殺されて、しかも親父さんは新聞記者だったわけだから。

ぼくは知らないうちに、少年犯罪の遺族になっていた。

佐世保支局3階の自宅なんかに戻れるはずもなく、警察のバンは、市街地を避けて、くねくねした急な山道を登っていった。怜美が通っている大久保小学校の前を通りすぎて、着いたのは、弓張岳という小高い山の山頂にある「弓張の丘ホテル」だった。人目につきにくい場所に建っていて、マスコミにばれにくい穴場のホテルだ。

ホテルのロビーに着くと、ようやく親父さんと合流した。親父さんは、小学校から「怜美さんがケガをしました」とだけ連絡を受けて、ほとんど何も知らないまま、学校に怜美を迎えにいった。それで、教室で血を流して倒れている怜美を見つけたらしい。背中を向けてぐったりしている怜美に親父さんが近づこうとしたら、「既に亡くなっています」って告げられたという話だ。

何でそんな残酷なところを、事前に何の説明もしないで親父さんに見せつけたんだ。ぼくは本当に腹が立った。

親父さんは怜美の遺体をもろに目の当たりにして、警察署で長いあいだ事情を聴かれた後だった。そうとう追い込まれていたんだと思う。

顔が死んでいる。

それが、親父さんに会って、最初に抱いたイメージだ。今までに見たことのない親父さんの表情だった。顔は死んでいるのだけれど、目からは涙だけが、ぼろぼろぼろぼろこぼれて止まらなかった。涙がずっと流れているのに、顔面は蒼白だった。ぼくがすぐそばにいることにも、親父さんはまるで気がついていないようだった。親父さんに声をかけても、まったく反応がない。まるで他人の関係になってしまったみたいに。

学校にいるときには、「頼れるのは、親父さんだけ」と思っていたけれど、むしろ会った瞬間に、親父さんは今にも死んでしまうんじゃないかってぼくには思えた。そのときぼくは、まだコピー紙で読んだだけの怜美の死よりも先に、「親父さんの死」をリアルに感じてしまった。直感的に「ああ、これはヤバい」って。おかあさんが死んで、怜美がいなくなって、親父さんまで失ってしまったら、ぼくのまわりにはだれもいなくなってしまう。そういう恐怖が体に迫ってきた。本当は息子として、純粋に親父さんに頼りたかったのだけれど、これは頼れる状況にないと理解してしまった。そう、本当に瞬時に。

ロビーには大勢の人がいて、何だかものものしかった。

ぼく自身も状況がわからなかったけれど、まわりからみれば大変なことが起きていたのは間違いない。ホテルには、ママさんが飛んできていたし、長崎で親父さんの後輩記者だったガタナガさんや、同期入社のタカハラさんという人も、わざわざ福岡から駆けつけていた。私服の警察官もいっぱい集まっていた。

たくさんの大人が涙を流していて、ぼくを見つけると、何人かは泣きながら、激しく抱きついてきた。でも、ぼくはまだ怜美の遺体を見たわけじゃないし、怜美が死んだという「情報」を受け入れていいのかさえ、わからなかった。

だから、大人たちが抱きついてきたときに、どういう対応をしていいのか、正直なところ困ってしまった。泣きじゃくる大人の腕のなかで、戸惑いながら相手の背中をポンポンってやさしく叩いてあげたりして、なぜかぼくが彼らを慰める変な雰囲気になってしまった。

ただ、はっきりしているのは、「このままホテルのロビーに居続けることはできない」ってことだった。ぼくらはかなり大人数だったから、しばらくすればマスコミの人にも気づかれるのは確実だった。

怜美の遺体は、長崎の大学病院に運ばれていた。怜美はどこを刺されたのか。凶器は本当にカッターだったのか。死因は何だったのか。警察からみれば、これがどういう事件だったのかを調べなければならなかった。それが終わったら、怜美の遺体だって、どこかに運ばなければいけない。たしかにこれは殺人事件なのだから、ぼくも何となくそういうことをしなければいけないと思ったけれど、それが終わるのはだいぶ夜が更けてからだった。

このまま佐世保支局に戻るわけにはいかないし、だから、とりあえずママさんの家がある大村に行こうって、周りの大人たちが決めたみたいだ。

ぼくらが大村に着いたのは午後9時前。大村には、ママさんのほかにガタナガさんやタカハラさん家族も来てくれて、いろいろと身の回りのことをしてくれた。

怜美の遺体も大村に来ることになっていたみたいだ。棺が置ける広いスペースを、みんなで準備することになった。2部屋ある畳部屋をつなげようとして、真ん中の襖を外している最中だった。

聞きなれた声にハッとした。

「今でも何が起こったのか理解できない状況です……」

その部屋に置かれたテレビから、親父さんの声が聞こえてきたんだ。ＮＨＫの夜9時のニュース。いつのまにかいなくなった親父さんは、大村に同行せずに、佐世保市役所で記者会見に臨んでいた。

「友だちとのあいだに、トラブルが起きたなんて聞いたことがなかったです」

「娘は空気みたいな存在でした。ありえないことが起きてしまった」

トップニュースで報じられた会見で、親父さんは、記者の質問にひとつひとつ答えていた。白いワイシャツに着替えて、ふだんはしないネクタイまで締めていた。

怜美が殺されたことは、すでにニュースで全国に広がっていて、新聞やテレビ、週刊誌までが、会社や親父さん本人に取材を申し込んでいたらしい。

親父さんは、おかあさんが死んだ直後に、自分の持ち場で子どもが殺された事件があって、その取材に奔走したことがあった。親父さん自身が新聞記者だったから、「もし自分が逆の立場だったら取材をお願いしただろうな」って思って、記者会見の求めに応じたみたいだ。

親父さんは、テレビの映像で見たら、こんな状況でも冷静な感じに映っていた。会見では記者の質問にもきちんと答えられていたし、目が泳いだり、話しながら泣きだすような不安定なところもなかったから。

でも、その前にぼくは親父さんがボロボロと泣いているのを見ていたから、逆にこれは尋常じゃないと思った。

「この人は、何でこんなことをしているのか。そんなことをしてる場合じゃないだろう」。心配よりも先に、怒りが走った。

周りの大人たちも、親父さんが出ているテレビのニュースに釘付けになっていた。誰も何も言葉を発しなかった。

実をいうと、親父さんが記者会見をしているちょうどそのあいだに、怜美の遺体は、長崎大学病院から大村へと向かっていた。怜美をママさんの実家まで運んでくるあいだ、マスコミにばれないように、親父さんの会見でカモフラージュしていた。

親父さんは新聞記者だから、遺族が何もしなかったら、マスコミが大学病院に張りついて、遺体の行き先を把握するってことがわかっていた。だから、自分がメディアの前に登場することで気を引いて、そのあいだに怜美を病院から移そうってことを考えていた。そこは、勝手しったるマスコミっていうことなのかもしれない。

それでも、あんな状態で親父さんは会見なんてするべきじゃなかった。ぼくはそう思っている。

怜美の遺体が着いたのは、会見の少し後だった。

棺のなかで、怜美は目を閉じて、眠るように横たわっていた。ショックだった。言葉も出なかった。いつも通りの怜美の寝顔と変わらなくて、まるで今にも目を覚ましそうだった。それなのに、怜美が目を覚ますことはなかった。

棺に入って、何も反応を示さない怜美の顔を見て、ぼくは「ああ、怜美は死んだんだ」って、はじめて現実味が湧いた。怜美はもう、この姿のまま、大きくなることはないんだ。

もう、怜美と一緒にビートルズを聴くことはない。

もう、怜美と一緒に肉じゃがをつくることもない。

Yahoo! ニュースのコピーを読まされても、やっぱりそれだけでは「怜美が死んだ」という情報を事実として確かめられなくて、ぼくはどこかフワフワしていた。でも怜美が目の前に現れて、ぼくのなかでこのときに、やっぱり死んだんだって、最悪なかたちでがっちり固まってしまった。

親父さんが会見を終えて戻ってきて、だいぶ遅くなって兄貴もようやく、大村に到着した。

親父さんも、兄貴も、思いっきり泣いていた。たぶん、2人とも自分でも驚くぐらいに。身体を震わせて、ありったけの感情をぶつけていた。

四国に行ったきりの兄貴に会うのは、久しぶりだった。号泣する姿をみて、「ああ、やっぱりぼくとは違うな」と思った。兄貴はいつだって、喜怒哀楽をストレートに表現する。体育会系のおかあさんに似て、自分の感情を出すことにためらいがない。

でも、ぼくは正反対。そもそも感情をうまく出せないし、おかあさんとの約束もあって、めちゃくちゃ我慢するようになった。

でも、そんな2人の姿を見ていたら、ようやくぼくの目からも涙がこぼれ落ち始めた。ああ、怜美は死んだんだ。怜美は殺されたんだって。声は押し殺しても、あとからあとから涙があふれてきて、止まらなくなった。そのときになって初めて。

校長先生にYahoo!ニュースのコピーを渡されてから、すっごく時間が経っていた。


棺のなかに寝かされている怜美には、名前のわからない白い花がたくさん添えられていて、首の傷口も、花びらで覆って隠されていた。


親父さんは学校で怜美が倒れているのを見つけたとき、「もういやだ。なんでこんなことが。直美、助けてくれ」って、取り乱していたみたいだ。おかあさんが死んで、怜美まで殺されて、何でこんな不幸が積み重なるんだっていう思いがあったんだと思う。

でも、おかあさんは病気で亡くなって、怜美は誰かに殺された。それは、全然違う。ぼくはそれぞれ別々の話だと感じていた。

あの日

さっちゃんと、最後にしゃべったのは、いつやったっけ。
ずいぶんと、遠い昔の日。はるか昔、昔の話。もう記憶がかすんで、思い出せない。

あの日。四国の空は、ちょっと曇ってた。

僕は大学の講義に出ていた。たしか大教室の授業中。何限目のクラスで、何の授業だったかなんて思い出せない。でも、いつも通りの日だったのはまちがいない。

アンジェリーナ・ジョリーと別れてからも、大学3年の僕はキャンパス恋愛を満喫してた。学内は女の子であふれてたし、大学生は勉強なんかしなくても、女の子と付き合ったり別れたり、振ったり振られたり、そのあいまに音楽やバイトに明け暮れたり……と、それはいろいろ忙しい。

そのころ付き合ってたのは、新潟生まれの同級生の子だ。

不意に携帯電話のバイブがぶるぶる震えて、僕を起こした。たしか、午後2時ぐらいだった。

いや、3時を少し回ってたかもしれない。出席することだけが目的で、僕は教授に見つからないように後ろの方の席で眠りこけてたから、そのへんは覚えてない。

バイトが終わるのは、いつも朝方だから、大教室の授業はだいたい一番後ろの長机に突っぷして寝ていた。

バイブの小さいけれどせわしげな振動で目を覚ますと、彼女からのメール。

「いま、佐世保で小学生が殺される事件があって、女の子の名字が御手洗っていうみたいなんだけど、これって君の妹さんじゃない？」

え？

何のこと？

メールの字面をみても、書いてある意味が飲みこめない。

何のことかわからん。

え？

まったく、頭のなかに入ってこんかった。

とりあえず彼女に連絡を取ろうと、教室の後ろのドアからこっそり抜け出した。トイレで携帯を取りだしたら、その拍子に今度は着信音が鳴りだした。親父からだった。

電話の向こうで親父は、絞りだすように、ようやく聞き取れる声で、そう言った。

「今、怜美が学校で殺された。すぐに帰ってきてくれ」

親父は九州の佐世保にいて、僕は四国の大学で授業中。1本の電話でつながるには、距離も心も遠すぎて、親父が何の話をしてるのか、全然わからんかった。

その声は、感情が読み取れないほど、僕には棒読みに聞こえた。

って親父は言ったんだ。

「怜美が殺された」

いや、違う。

「怜美が死んだ」

「ほうか、じゃあ、さっちゃんのウェディングドレス姿は、もう見れんのやな」

自分でも驚くけど、僕の口からこぼれたのは、そんな言葉だった。

心が揺れたり、感情が乱れることもなかった。ウェディング姿が見れん。頭に浮かんだのは、なぜかそれだけ。なぜ、そんな宙に浮いた言葉が口をついたのかも、わからん。お袋が死んだときもそうだった。僕は大事なときにいつも適切な言葉が見つからない。ただそのときは、「あぁ、親父のところに帰らないかんなぁ」

ぼんやりと、それだけだった。

トイレから戻って、僕は大教室の前のドアをバン！　と開けた。力まかせに思いっきり。目の前には１００人ぐらいの生徒がいて、教壇では50代の男の教授が、何かの講義をしていた。教室がシーンと静まり返って、教授もみんなも一斉に僕に目を向けた。

「先生、妹が殺されたらしいけん、帰ります」

大声でそう言い残して、僕は学校を飛び出した。

途中で彼女に折電（おりでん）して「それ、たぶん僕の妹や」って言って、そのまま彼女の部屋に戻った。いそいで彼女がまとめてくれた荷物を抱えて、佐世保に向かった。彼女は「大丈夫？」って心配してくれたけど、上の空だった僕は、一言も口を利かなかった。

タクシーで駅に向かう途中、「あ、そうや、僕今日バイトや」って急に気づいて、レンタルビデオ屋にも寄った。

「妹が殺されたみたいなんで、これから佐世保に帰ります。バイトはしばらく休みます」って言ったら、店長がエッと驚いた顔をした。きっと僕の口調が、かなり淡々としてたんだろう。そのときは、彼女からのメールも、親父からの電話も、「さっちゃんが殺された」って事実は一致してたけど、僕はそれを事件って風には、受けとめてなかったから。

でも、そのあと自分がどんな思いでいたのかは、まったく思い出せない。そのときのことは、生々しくクッキリと覚えている記憶と、ぽっかりと抜けてしまった記憶とが、まだらになっている。

四国から佐世保まではアクセスが悪くて、特急や新幹線を何本も乗り継がなきゃいけない。到着するのには、東京からよりもずっと時間がかかるし、たぶん心理的にも佐世保と四国は遠い場所だった。

僕はまず、四国を走る特急「うずしお」で岡山まで出て、それから新幹線「のぞみ」に乗り換えて、九州に向かった。

のぞみに乗ってたら、車両の入り口の電光掲示板に、ニュース速報が流れてた。

「………／佐世保で小学6年生の女児が同級生に切られ死亡／………」

横長の黒いパネルに、オレンジ色に発光した文字が、無機質に右から左に走っていった。

それを見て、「ああ、ホンマなんや」って。

さっちゃんが、死んだんだ。さっちゃんが、殺された。

初めてリアルに感じたのは、新幹線のデジタルの電光掲示板だった。

表示されるニュースが一巡するごとに、さっちゃんの速報が、僕の目の前を何度も通り過ぎていった。まるで家を捨てた僕に、当てこするように。

それからは、事態が急ピッチに動いた。

福岡に着く前に、親父からまた電話がかかってきた。

「佐世保は、もう無理だ。外にも、支局にも、マスコミがいっぱい集まってる。大村に来てくれ」

長崎県の大村市は、死んだお袋の実家。つまりママさんちだ。そこならマスコミには知られてないから、ばれないようにそこに来てくれってことだった。


僕が大村の実家に着いたのは、それからさらに数時間後。日をまたぐか、またがないかって深夜だった。電話を受けてから、9〜10時間かけて、ようやく大村に到着したことになる。家族のなかで、僕が一番最後だった。

実家には、親父とママさん、じいちゃん、弟がいて、親父の後輩のガタナガさん（僕はちっちゃいころから知ってたから、ガタナガ秀一郎の秀をとって「シュウちゃん」って呼んでた）とか、同期のタカハラさんとか、上司のカトウさんとか、親父の会社の人たちも集まってた。それにシュウちゃんの奥さんとかも。みんな泣いてて、僕の顔を見ると、さらに泣き声が大きくなった。

さっちゃんの遺体は、1階の居間に安置されていた。促されて棺をのぞいたら、さっちゃんが目を閉じて横たわっていた。首とかの傷は縫合されてて、きれいな状態のさっちゃんだった。

僕は声をあげて号泣していたらしい。僕自身には、まったく記憶がない。

でも、自分のことは記憶がおぼろげなのに、なぜか弟のことはよく覚えてる。みんなが泣いてるのに、アイツだけ、泣いていなかった。

だれにも心を開かずに、一人ぽつんと、そこにいた。

そのときに、僕にはわかった。

ああ、アイツは僕とは違うんだ。

アイツは僕と真逆なんだ。

それが、僕だけには伝わった。

僕は大声をあげて泣いていたくせに、さっちゃんの遺体を見たとき、どこかその死を遠くに感じていた。同じ兄弟なのに、どこか遠くに。

その理由はわかってた。

弟は、僕よりずっと大きく奪われていた。

アイツは、アダルト部門だった僕と違って、いつもさっちゃんとセットだった。いつもさっちゃんと一緒にいて、同じ時間を過ごしてきた。一緒に遊んで、一緒に飯を食って、一緒に寝て、一緒に学校へ行ってた。思うことや、考えることが、いっぱいありすぎて、もつれて、からまって、アイツはなかなか自分の感情にたどりつけないんだ。

でも、僕は違う。

僕は、四国に住んでて距離だって遠かったし、さっちゃんと共にした時間や感覚だって、アイツよりもずっと少なかった。だから、僕の方が、自分の素直な感情に直結しやすかった。距離が近いから泣けるんじゃない。距離が遠くなって、単純にまっすぐだったから、自分の気持ちにたどりつきやすくて、思いっきり泣けたんだ。まっしぐらに自分の気持ちに届いたんだ。だから、泣きたいだけ、僕は泣けた。気持ちを丸裸にして。

でも、アイツは距離が近いからこそ、もつれた感情をほぐすことができなくて、自分の気持ちの持っていきかたがわからなくなってたんだ。

さっちゃんの棺の前で、だれにも伝わらない喪失感を、だれにも伝えることができないまま、ただアイツは、そこにいた。中学生の痩せっぽちな体にあまるほど抱え込んで、ただそこにいた。


そして僕は、棺のなかでねむっているさっちゃんをみて、別の感情もわいていた。

「僕が逃げたからや」

「僕が逃げんかったら、こんなことにはならんかった」って。

さっちゃんが亡くなって悲しいという気持ちより先に、「さっちゃん、ごめん」という気持ちでいっぱいになって、胸がしめつけられた。

四国の大学に入る前。お袋の闘病生活。家の暗い雰囲気。皿洗いや洗濯。どうしようもない閉塞感。お袋が死んで、全部かなぐり捨てて、僕は逃げた。

でも、さっちゃんや弟だって、アイツらなりに息苦しさを感じてたはずなんだ。だけど、アイツらは子どもだから逃げることなんてできなかった。

それがわかってたのに、わかってたからこそ、僕は必死で逃げた。

もちろん、親父が悪いわけじゃない。お袋が死んで、親父は親父なりに2人を育てようと懸命だった。親父のことは、責められん。でも、どんなにがんばっても親父は親父であって、お袋じゃない。いくら家事をしてくれたって、仕事してる男親に、100%甘えることなんて、できっこない。

だからこそ、兄貴である僕が家に残ることが必要だったんじゃないか。親父じゃない、ちょっとした息抜きのクッションとして、適当な存在が僕だったんじゃないか。

さっちゃんと弟という、双子みたいなチルドレンのセットだけじゃなく、僕というアダルトな一人が混じっただけで、家族のバランスはかなり変わったはずだ。でも、お袋がいなくなって、おまけに僕が抜けて、アイツらにはもう、親父しかいなかった。

もし、僕が逃げ出さずに、さっちゃんや弟のそばにいたら、こんなことにはならんかった。さっちゃんが、殺されることなんてなかった。確信に近い気持ちが、僕にはあった。

さっちゃん、ごめん。

僕は逃げた。
僕が逃げたから、こんな事件が起きた。

加害少女って呼ばれた「あの子」

ぼくが怜美の同級生たちと仲良くなったきっかけは、もちろん家で遊んだこともあったけれど、佐世保に引っ越してきた直後の運動会だったと思う。

長崎時代は、ぼくも怜美も同じ小学校で一緒に運動会に参加していたけれど、佐世保に来てからは、ぼくは中学生。運動会では、家族の一員として怜美を応援する側に回った。

新聞記者の親父さんは、日曜日でも若手の原稿をみなければいけなかったし、応援がママさん一人だけでも寂しいし、毎年、ぼくはかならず怜美の運動会に出かけていた。ちょうどそのころ、ビデオカメラにも興味を持っていたから、ぼくは御手洗家のカメラ係。ハンディのビデオを回すのが楽しかった。

徒競走。玉入れ。ダンス。綱引き。怜美が出ている種目を撮っていたら、自然と同級生ひとりひとりの名前と顔を覚えてしまった。たとえば、玉入れで活躍したのがミドリちゃんとか、怜美と仲の良いユリコちゃんは走るのが苦手とかいう風に。小さな小学校だから、全員の名前を覚えるのに時間はかからなかった。

だから、「同級生の誰かが怜美を殺した」ってニュースに流れていたら、やっぱりそれが誰なのかが気になった。学校の談話室で待たされていたとき、先生には「そんなの気にしなくていい」と言われたけれど、ぼくは「誰だろう?」「誰なんだろう?」ってずっと考え続けていた。

その誰かが、誰なのかがわかったのは、大村の夜だった。

兄貴と2人で親父さんに2階に呼ばれて、「怜美は『あの子』に殺された」と伝えられた。思った通り、ぼくが知っている女の子だった。

「ああ、うん。そうなんだ」って。

不思議と、怒りがわいてこなかった。もうそのときは怜美の遺体を見ていて、どう感情を爆発させたって、怜美がもう戻らないってことだけはわかっていたから。

親父さんは弓張の丘ホテルでも、大村の実家でも、ボロボロ泣いていた。親父さんが泣いたのを見たのは、おかあさんが亡くなったときから2度目だった。でも、今回の親父さんの様子は、おかあさんのときとは明らかに違った。子どものぼくが心配するほどに、頼りなかった。壊れてしまいそうな大人を見るのは、このときが初めてのことだった。ひょっとしたら、怜美の後を追って死んでしまうんじゃないかって、ぼくは本気で不安になった。

特にひどかったのは、火葬のときだ。お葬式が終わって火葬するときは、点火ボタンを遺族が押すのが慣例になっているらしいのだけれど、よろけるような足取りの親父さんは、ぼくと兄貴が両脇から支えるようにしてあげないと、立っていられなかった。3人で赤いボタンを押すと、親父さんは、叫ぶような、吠えるような声をあげて、その場に崩れ落ちた。

ぼくらしかいない炉の前で、親父さんの泣き声が、びっくりするほど反響した。

そのときにぼくは、「ぼくまで親父さんに迷惑をかけちゃいけないな」って思ってしまった。親父さんが泣いているのを見て、ぼくまで泣いちゃいけないって、思い込んだ。

だから、そのときから、ぼくは泣くことをやめた。

親父さんから名前を聞いた「あの子」は、怜美が何度か家に連れて来たことのある子だった。怜美がしょっちゅう遊んでいた4、5人のグループの1人。「さっちゃんのお兄ちゃん」って呼ばれたことだってあった。だって、一緒に家でスマッシュブラザーズとか対戦型のゲームで遊んでいたから。

怜美が死んだ日の2日前には、運動会があった。佐世保に来てから3度目の運動会。カメラ係のぼくは、すっかり同級生と顔なじみだった。朝早くに小学校に着いたら、もう怜美の同級生が何人か来ていて、場所取りを手伝ってくれた。

ぼくは怜美の同級生たちと、わりによく遊んでいたから、あの子にもなつかれていたと思う。

運動会のお昼休み。カメラを回しているぼくの頭をポンッてさわって逃げていく子がいた。それが、あの子だった。走って逃げながら、あの子は振り返って、いたずらっぽく笑っていた。

そう、いつもと同じ。「怜美のお兄ちゃん」を同級生がからかうパターン。別に何も変わった様子なんてなかった。

ただ、怜美が死んだと聞かされて、その相手があの子って伝えられたときに、ああそうなのか、やっぱり、と思う自分もいたんだ。

暴走するメディア 暴走する僕

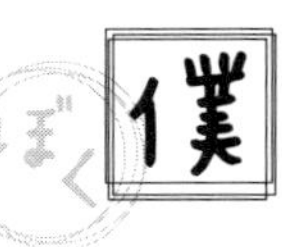

事件の翌日から、新聞やテレビでうちのことがバンバン報道されはじめた。

朝日、読売、西日本新聞、地元の長崎新聞……。どこも1面と社会面で、大きくさっちゃんのことを記事にしてた。もちろん親父が勤めてる新聞社も。

テレビも、これ一色。NHKから民放のニュースからワイドショーまで、みんなさっちゃんのことを取り上げていた。僕らは「凶悪な少年事件」の被害者遺族ということになって、むやみに外さえ歩けなくなった。

「妹が殺されたけん、帰ります」って言ったきり、四国には戻らなかった。大学は前期の試験が始まってたけど、そんなんもう、どうでもよかった。学校はそのまま夏休みに入ったし。

大村でさっちゃんの葬儀をすませたあと、僕ら家族は親父と一緒に佐世保に戻った。支局の3階の自宅。僕がまだ一度も住んだことのない、僕の実家。

すぐ上の階に被害者の遺族がいるのに、2階では親父の同僚や部下が、毎日毎日、さっちゃんの事件の記事をせっせと書いて、新聞を発行していた。応援に集まってくる記者の数が、日に日に増えていった。

支局3階の自宅には、僕ら家族を気遣って、親父の後輩のシュウちゃんや、タカハラさんが、仕事から完全に外れて、一緒に住み込んでくれた。ママさんだって憔悴しきってたし、2人ともいても立ってもいられなくなって、その役回りを買って出てくれたらしい。

突然こんな目に遭って、親父も僕らもメシを食べることにさえ意識が向かないし、ましてや洗濯や着替えなんてどうでもよかった。

でも、そういう身の回りのことを、2人が全部引き受けてくれて、やってくれた。こんな状況だからって服も着替えずに何日も過ごすのと、気分が変わらなくても、1日、1日、新しい服に袖を通すのとでは、たぶん大きく違う。そんなことに僕らは気が回るわけがないから、これは、親父も僕らもそうとうに助かった。

2人が住み込んでくれたから、部屋の掃除なんかが終わると、あとは親父とシュウちゃんとタカハラさんと、ひたすら酒を飲んでた。ビール。焼酎。赤ワイン。白ワイン。ウィスキー。ロック。お湯割り。ストレート。何でもかんでも流し込んだ。朝から夜まで、寝ても覚めても。起きているあいだは、ほぼずーっとアルコール漬け。酒を飲むしかなかった。酒浸り。まさに浸り、という言葉がぴったりだった。

そして酔いが回りだすと、誰からともなく、みんなが代わる代わる、さっちゃんや、お袋の思い出話をしはじめたんだ。ヒマワリの花、さっちゃん好きだったよな、とか、さっちゃんって幼稚園のときから神経衰弱で俺らと互角に戦えてたよな、とか。お袋の皿うどん、みんなで奪い合って食べたよな、とかって。

何でこんなときに酒を飲んで、そんな話をしたのか。みんな親父に付き合うってところがあったと思う。このころの親父はかなり危なっかしい感じだったし。さっちゃんやお袋のこと、とにかくいろんな話をした。思いつくまま、思い出したことをはじから。

でも、もし家にだれも他人がいてくれなかったら、僕と親父がサシで酒を飲むってことは、たぶん無理だった。

僕は家族から逃げ続けてきたわけだから、親父に何を言われるかわからんし、ふとした拍子に、僕も何を口走るかわからん。生傷と生傷がモロにぶつかり合ったら、どこまで傷が広がるか、わからない。そうなったら自分でも自分を止められん。僕ら3人だけで存在できる気がまったくしなかった。だから、親父にしても、僕にしても、周りに心を許せる知り合いがいるだけで、だいぶ救われた。家族だけだったら、もたなかった。

でも、僕のさっちゃんの記憶って、幼稚園の制服を着てた姿とか、将棋を一緒に指したことだとか、思ったよりそんなにあるわけじゃなかった。9歳って年齢の差は、オリンピック2回分にお釣りがくる。共有した時間ってのは、あんがい少なかった。僕自身は家が嫌いになってたし、学校だったり、部活だったり、空手だったり、彼女だったり、生活の中心が外に向かってたから、家族との時間は少なかった。

さっちゃんが殺されたって親父から聞いたとき、僕は「ああウェディングドレス姿は見れんのやな」ってぼんやり思った。それは、お袋が死んで、さっちゃんの結婚までは、僕と親父で見届けなきゃいけないって無意識に思ってたせいかもしれないけど、もしかしたら単純に、僕と12歳のさっちゃんの実像との距離の遠さから、口を衝いた言葉かもしれなかった。

さっちゃんとの思い出話は、むしろ弟の方が口をはさみたかったのかもしれない。アイツは僕と違って、小さいころからずっと、さっちゃんとセットで育ってきてるから。でも、アイツがそのアルコール入り「オトナの交流会」に加わることはなかった。そこは僕も気にかけるべきだったんだけど、僕も、シュウちゃんやタカハラさんも、とにかく親父がヤバイってことにばかり気をとられていた。

親父は事件当日は気を張って記者会見を乗りきってたけど、実際、家ではボロボロで、とても人前で話せる状態じゃなかった。周りが親父のことを心配するのは当然のことだった。

だからと言うわけじゃないけど、僕は、弟の気持ちを、そこまでは酌んでやれなかった。親父だって、弟を気づかう余裕なんてありっこない。それだけ、僕らはそれぞれに追い詰められていた。

とにかく毎日酒を飲む。アルコールと一緒にとにかく「今」という時間を流して追いやる。それしかできんかった。

僕らのそんな気持ちも知らんで、新聞はさっちゃんのニュースを集中豪雨のように書きまくってた。ワイドショーは連日のように、ビジュアル的にもフレーズ的にも目立つ派手な見出しをつけて、さっちゃんのことを流してた。

Mitarai Satomi。親父が黒いマジックでさっちゃんの名前を書いた運動靴。下駄箱に残されたままになってるその靴の写真を載っけたメディアもあった。

日持ちする良いネタが降ってきたとばかりに、マスコミ中が騒いでた。

は？　何なん、これは？

怒りがわいた。

特に頭に来たのが、週刊誌だ。大村でさっちゃんの棺を運び出すシーンが、写真入りで載っていた。さっちゃんの遺体を霊柩車に乗せようとしている、まさにその瞬間の1枚だ。泣き崩れる親父の姿を、週刊誌のカメラマンが望遠レンズでカメラに収めていた。親父は会見までして、さっちゃんの遺体の場所を隠そうとしたのに。ほっといてくれんのかって。

それにしても、ママさんの名字は御手洗じゃないし、長崎でも佐世保でもない大村の実家を、ようそこまで探し当てて、写真を撮ったな。信じられんかった。遠慮も何もあったもんじゃない。マスコミって何様や。こんなとこまでノコノコしゃしゃり出て来て、遺族に無断で写真を撮って。僕ら家族は完全にネタにされていた。

僕は家族のなかで、弟よりも、親父よりも、だれよりも事件のことや、加害者のことを知らんかった。長崎から直接、四国の大学に入学したから、佐世保のことなんて全然わからん。佐世保支局のことも知らんし、さっちゃんが通ってた小学校も知らん。近所の人も知らん。だから僕には、メディアが出してくる情報を通じてしか、さっちゃんが死んだ理由を知る材料がなかった。でも、出てくる情報は、

「『仲良しの2人』がなぜ」
「2人がネット上でけんか」
「HP（ホームページ）書き込みトラブル？」

とか、さっちゃんと加害者をまるで両成敗のように同列に扱うような記事ばかり。どうでもいいことで、マスコミがすっぱ抜き合いを演じてた。

なかには、

「ネット上での悪口が原因か？」

みたいな見出しの記事もあった。「『原因』って何や!!」。頭にカーッと血が上った。

葬式が終わってから2、3日後だったと思う。家でテレビを見てたら、

「加害者が『被害者に悪口を言われた』と供述」

ってニュースが流れた。見た瞬間、プチンと切れた。

「オイ待てや！」

「殺されたさっちゃんが悪いんか。殺されたのは自業自得だというんか」

思わず声を荒らげたら、シュウちゃんが、

「それは加害者側の供述でしかないから」とか、

「ニュースは、その時点でわかったことを断片的に流しているだけだから」とか、僕を必死になだめようとしてきた。

タカハラさんも、

「視聴者は、加害者の非を十分すぎるほどわかってるよ」と、熱くなる僕を鎮めようとした。

そりゃ、マスコミ側の人間からみれば、そうかもしれない。でも、そんな形ばかりの正論で、僕の怒りが収まるわけがない。

「さっちゃんに悪いところがあったたって印象が、勝手に一人歩きするやろ！　そのことマスコミわかってんのか!!」

抑えきれず、大声でわめき散らした。

そしたら親父が、

「うろたえるな。これから、もっといろいろ書かれるし、もっと好き勝手言われるんだ。オマエはそのひとつひとつに反論していく気か」って言ってきた。

やったるわ！　ふざけるな！

怒りが爆発した。僕は納得いかんもんはいかんし、引けないものは、引けない。何が「報道の自由」じゃ、何が「正義のペン」じゃ。

「これから新聞社とテレビ局に電話していいか？　親父」

「そんなことしたら泥仕合になるだけだ。それをまた面白がって、悪く書くマスコミだってあるんだぞ」

お互い血が上ったののしり合いが、けっこう激しくつづいた。

たぶん親父としては、「さっちゃんが亡くなった」という事実を、きれいに終わらせたかったんだ。きっと親父は「さっちゃんの死を汚したくない」って思いがあった。新聞やテレビで流れてくる情報に、いちいち僕らが反応して物申していったら、マスコミと遺族との戦いが始まってしまう。さっちゃんが亡くなったという事実が今後残るときに、それが醜聞まじりにとらえられて、より屈折を生んでしまう。そうなるのを親父は避けたい思いがあったんだ。

たしかに、親父は新聞記者だから、さっちゃんの死が、僕ら家族だけのプライベートな話にとどまらないことがわかってた。日本中の人が知る大きなニュースだってことを、僕よりも深く理解していた。子どもを持つ親が眉をひそめたり、お年寄りが「昔は良かった」というためだけの典型的な話題として引き合いに出したり、それこそ僕らと同世代が学校でギャグにさえするのがわかってた。

だからこそ親父は、さっちゃんの死をきれいに終わらせたかったんだ。さっちゃんが死んだという事実を、変にゆがませたり、濁らせたりしたくなかったんだ。それが、親父の考え方、いや、固い意思だった。

でも、それでも僕は納得できんかった。親父はマスコミのことを熟知してたから、さっちゃんの死を汚さないという大きな未来図が描けた。だけど、僕はそれも大事かもしれんけど、まずは目の前の正確な事実確認と、遺族としての納得が先だろ、って思ってた。

さっちゃんの死が「事件」となって、数日、半月、1か月……。

そんな僕の気持ちなどお構いなしに、いろんな情報が出ては流れていった。事実も、そうじゃないことも、いっしょくたに食い散らかして。僕はその情報のひとつひとつに、いちいちはらわたが煮えくり返ってた。それは、もう反射的といっていいぐらいに。

とりあえず記事を書いてるアンタは誰なんよ？

殺された方が、殺した方より悪いんか？

どういう神経で書いてんだ？

僕は、さっちゃんの兄として、全部のメディアに片っ端から電話をかけて、文句を言ってやりたかった。それで世間やメディアに何を言われたって構わない。それで記事を訂正できるものなら、そうしたかった。たしかにそんなことをしても、さっちゃんは戻ってこない。それでも、せめて納得がほしい。本当に本当の情報を知りたい一心だった。

もしかしたらそこには、家族のなかで唯一僕だけが、佐世保で暮らしたさっちゃんのことを知らんかったことへの後ろめたさがあったのかもしれない。


だけど、それでも最終的に、僕はひいた。

腑には落ちなかったけど、親父のことが心配だったし、もう親父の好きなようにすればいいって。

親父は事件当日に会見したあとは、節目ごとに手記を出したりしていた。

「一人でメディアの矢面に立つなよ」とか、「親父だけかっこつけんな」とかも思ったんだけど、親父はワザとそういう遺族としての仕事をつくって、気を張って、どうにか自分を保とうとしているようにもみえた。

だって、何かしていないときの親父は、まったくの抜け殻だったから。ボーッとうつろな目をしてたし、同じ話を何度もしたり、ついさっき僕が話した内容を忘れてたり。

親父は自分が悲しむ時間や、後悔する時間を持たないために、会見でも手記でも、家族のなかでも親父にしかできない仕事をつくって、時間を埋めようとしてた。そうでもしないと、気がおかしくなりそうだったんだ。そんな空気が僕には何となく読めた。だから、親父の気持ちを汲んで、自分がひいた。

それと同時に、僕はこの事件の「本当のこと」なんて、もう知らんでいいわって、区切りをつけてしまった。

あれ？

そういえば、親父とひと悶着してたあいだ、僕は弟とほとんど口を利いとらんかった。

アイツはひとりで、何を思ってたんやろか。

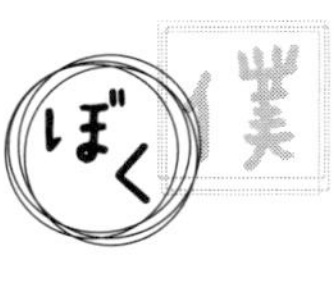

ふたりの秘密。白いiPodで耳をふさいだ

「ねぇお兄ちゃん、どうしたらいいかな？」

怜美から「あの子」のことを相談されたのは、事件の1、2か月前のことだった。

「私のホームページにあの子が勝手に入ってきて、ブログやキャラクターをいろいろ変えちゃうの」


そのころ、ぼくがパソコンでＨＰ（ホームページ）を作っていたのをまねて、怜美も自分のＨＰを作っていた。

怜美もあの子も、小学生にしてはインターネットに詳しくて、お互いにＨＰを持っていた。カフェスタっていう交流サイトが小学生に大流行していて、初心者でもページが簡単に作れて、チャットもできて、しかもタダ。画面の中に自分のアバターを作れるのもウリだった。

怜美がいうには、そのＨＰに、知らないうちにあの子が入り込んできて、内容をいじって書き換えてしまっているらしい。

「どうしてあの子が怜美のサイトに、そんなに自由に入り込めるの？」

ぼくは不思議に思って怜美にたずねた。そしたら、2人とも、お互いにログイン用のIDパスワードを教え合っていて、そのパスワードを使ってあの子が怜美のサイトに侵入しているっていうんだ。

ちょっと信じられなかったけれど、まぁ、それだけ子どもで、それだけ仲が良かったということなのかもしれない。

ネット上でのトラブルだったので、学校の先生も親父さんも、怜美が困っていることは、誰も知らなかった。


同じ時期に、女の子4、5人のグループで回していた交換日記でも、何だかいさかいがあったみたいだ。そのころ怜美たちのクラスでは、ちょうど女の子同士の交換日記が流行っていた。怜美とあの子も、何人かの友だちと一緒に交換日記をしていた。みんな何冊か掛け持ちをしていて、怜美も、「何種類も書かなきゃいけないから大変なの」って言っていた。

でも、いさかいって言っても、ぼくから見たら、とても単純なもの。

交換日記のなかで「次は○△ちゃん」って次の当番の子を指名する書き方を、「NEXT○△ちゃん」とするのが流行りだしたんだけど、その英語の言い回しを最初に使ったのが、あの子だった。その言い回しはあの子のオリジナル、つまり「専売特許」として、他の子は使ったらいけないのか、それとも単なる英語なのか……ってことで、メンバー内でもめていたらしい。あの子は自分のオリジナルだってことにこだわって、周りの子には使わせない、マネしないで、って宣言していたという話だった。

ぼくはそのノートを怜美から見せられたのだけれど、深刻なトラブルというよりは、小学生の女の子同士の、たわいもないけんかだなって思った。

中学生、しかも男子のぼくからみたら、ホントにささいな話だけれど、そこらあたりは女の子にしかわからない世界なのかもしれない。ぼくからみても、小学生の女子のグループって、くっついたり、離れたり、しょっちゅうしていたし、ちっちゃなケンカもいくらでもあった。ぼくら男同士だったら、ケンカするときはリアルファイトなのにな、とか思ったり。

ＨＰの件は、「パスワードを交換するヤツがいるか。パスワードを変えろ」って怜美に言った。交換日記の方は、特に何も言えなかった。だって大したことじゃないようにも思えたし。

それからしばらくして、いったんは２人は仲直りをしたみたいだった。しょせん、子ども同士のトラブルだし、もともとはパスワードを交換するぐらい仲がいいわけだから、それぐらいのことはしょっちゅうあることだと思った。

怜美はみんなと仲良くするのが上手だったし、どちらかというとケンカの仲裁を買って出るようなタイプだった。基本的には自分で問題を解決できる性格だったから、交換日記なんかでも、その役を担おうって思ったのかもしれない。

でも、この仲直りは表面的なものだった。結局、ケンカはそのあとも尾を引いて、あの子の反感を買うような流れになってしまった。怜美も本当に困っているようすだった。


佐世保に来てから、怜美とぼくとの距離はどんどん近くなっていった。けれど、ぼくは、このまま距離が縮まっていきつづけることはないだろうな、とも感じ始めていた。長崎にいたころも、佐世保に来てからも、怜美はぼくに何でも話した。怜美の話し相手は、いつも、ぼく。学校の勉強のこともそうだったし、友だちのことなんかも、相談ごとはいつもぼくに話してきた。

でも、それってどうなんだろう。ひょっとして、おかあさんがいたら、おかあさんに話す内容だったのかもしれない。たぶん怜美はそこを意識することなく、ごく自然にぼくに何でも話していたんだと思う。学校で楽しいことやうれしいことがあったら、その気持ちを一番に伝える相手として。面白くないことや、腹の立つことがあったら、まっさきにその不満をぶつけるはけ口として。

でも、佐世保に来て、怜美だって成長した。もう小学校6年生だ。シルバニアファミリーでぼくを相手にママゴトしていたころとは違う。もうラブコメだって読むし、自分の部屋で宇多田ヒカルやSMAPを聞く女の子になった。中学生に上がれば、それなりに思春期に入るだろうし、パソコンの話も、交換日記の話も、そのうちには「お兄ちゃんは男だもん、わかんないでしょ」

って言われて、それでオシマイになる話だと思っていた。ぼくの出る幕じゃなくなる日は、そう遠くない、って。

怜美はセーラー服を着るようになったら、きっとぼくから離れていく。

そんな予感もしていた時期だった。

あの子と怜美は、仲直りをしたように見えたけれど、ネットの中ではくすぶり続けていた。あの子が怜美のＨＰに侵入して、怜美のアバターを勝手にカボチャの姿に変えたり、怜美の日記をまるごと削除したり。

それでも怜美は、ぼく以外のだれにも相談しなかった。怜美には、やっぱり親父さんにはそういうことを知られたくないって思いがあった。

ぼくに相談してきたのも、怜美はきっと「子ども同士だけ」という暗黙のルールが成り立ったうえで打ち明けてきたはずだ。だからぼくがその約束を破って、親父さんに言うわけにもいかなかった。この一件は、ぼくと怜美とのあいだだけで交わされた秘密になった。

一部始終を知っていたのは、ぼくだけ。

親父さんにも、兄貴にも、だれにも言えない。

そして、この小さな秘密が、ぼくをずっと苦しめることになったんだ。

＊　＊　＊

大村から支局の上の自宅に戻ると、前とは雰囲気ががらりと変わった。

親父さんと兄貴は、ガタナガさんやタカハラさんと、酒ばかり飲んでいた。男だけ5人の生活。女性のいない合宿みたいな生活。オトナたちは一日じゅう酒を飲んで、怜美の思い出話とか、いろいろ話をしていたみたいだ。

中学生のぼくは、お酒も飲めないし、積極的にオトナの輪に入って自分からしゃべるタイプでもないから、一人で部屋にこもっていた。かといってすることもないから、前から買いためていたマンガを1巻から30巻まで読み返したりして、時間をつぶしていた。

怜美のことは、見ようとしなくても、いろいろなニュースで自然と目に入ってきた。

「小6女児切られ死亡」

「給食の時間凍りつく　加害女児に返り血」

派手でスキャンダラスな見出しが躍った記事もあったし、

「HP書き込みトラブル？」

「加害女児パスワード知っていた」

と、怜美とあの子のあいだで何が起きていたのか、謎解きをしようとする記事もあった。いろいろなメディアが、いろいろな切り口で取り上げていた。どこで手に入れたのかわからないけれど、ワイドショーなんかでは、怜美の顔写真が画面いっぱいに大きく写しだされていた。

兄貴はそのひとつひとつに怒っていたけれど、ぼくは、別に腹は立たなかった。心が乱されるってこともなかった。

だって、新聞記事を読んでも、ぼくが知っていることばかりだったから。たしかに、書き方でちょっとおかしいなと思うような記事はあったけれど、自分が知らなくて驚くような事実は、別になかった。ぼくにとって、謎なんて何もなかった。

ぼくが兄貴みたいに頭に血が上らなかったのは、佐世保に来てから、親父さんと一緒に支局の3階に住み込んでいたせいもあるかもしれない。新聞記者の仕事を毎日近くで見るようになっていたから、新聞記者がどんな仕事をしているか、イメージができたのも影響しているのだと思う。ぼくらが暮らしている3階の床の下からは、ときおり、怒鳴り合う声や、電話で誰かと激しく言い争いをする声もかすかに聞こえた。

大勢の応援記者が出入りしていて、怜美の事件を取材していた。書かれた記事の署名をみたら、そのなかには、夕飯を食べに来ていた気のいい若い記者2人も含まれていた。別にあの人たちも楽しく取材しているわけじゃなくて、新聞記者の仕事って、そういうものなんだろうなって。あの人たちも、きっと大変なんだろうなって。だから、それでイラだつこともなく、気になるほどでもなかった。

親父さんが働いてる新聞にも、怜美の顔写真が大きく載っていたけれど、それだって新聞を読む前から「そんなもんだろうな」って想像できた。

それに、思い出したんだ。親父さんと佐世保に引っ越して来た後、長崎市で4歳の男の子が殺された事件があったなぁって。犯人は中学生だったのだけれど、そのときも連日ニュースとして報道されて、殺された男の子の写真ばかりが何度も掲載されていた。けれど、殺した方の中学生は、写真はもちろん名前も出てこなかった。「ああ、子どもが加害者になると、そういうのが隠されるんだな」って。

その記憶が新しかったから、べつに動揺することもなかった。

むしろ、ぼくが腹を立てたのは、自分に対してだ。

怜美とあの子との、インターネットでのトラブル。口ゲンカ。交換日記のいざこざ。新聞を読んでいて、やっぱり原因はこれなのか、っていうことを、ひとつひとつ答え合わせさせられているような気がしたからだ。

「おい、大丈夫か?」

ときどき、ガタナガさんや、周りの大人に心配されたけれど、ぼくは「大丈夫です」って答えていた。ほかに何て返事をすればいいのか、わからなかったから、それしか答えようがなかった。メディアの人たちが探しているのは、ぼくの知っている秘密のことなんじゃないか——。

でも、ぼくはそんなことは誰にも口にしなかった。

怜美との秘密をばらすわけにはいかなかったからかもしれないし、もっと前にオトナに相談すればよかったという後悔があったからかもしれない。そして、それは誰からも聞かれなかった。

新聞によると、あの子は、事件の翌日には佐世保警察署から、長崎市の少年鑑別所に移送されていた。まだ11歳で、大人とは違うから、少年法によって裁かれるということだった。親父さんは新聞記者ではあったけれど、さすがにぼくも少年法の手続きなんて、まったく知らなかった。

へー、そうなんだという印象だった。

あの子は事件から1週間後には、少年審判に呼ばれた。子ども向けの裁判だ。

人を殺しているから、大人でいうところの刑事裁判だけれど、大人の裁判だったら、裁判が終わるまで1年がかりとか長くなるのに、子どもの場合は、1か月ちょっとで、その子どもをどうするのか、結論まで出してしまうという話だった。

少年でも刑事事件として裁かれるのは14歳以上に限られるそうだ。あの子はまだ11歳だから、怜美を殺したのに、刑罰の対象にはならなくて、だから、前科前歴がつかないんだって。

そんなの普通の中学生だったら絶対に知らないし、周りの大人もわざわざぼくに教えたりしなかった。そういう意味では、新聞やテレビのニュースは、ぼくが子どもであることになんて遠慮しなかった。新聞を読みさえすれば「あの子がこれからどうなるのか」とか、「少年法の手続きはどう進むのか」みたいなことを知ることができた。だからぼくは、被害者の遺族なのに、居間で新聞を広げてかなり読みこんでいた。それもけっこう丹念に。

新聞には、あの子は少年院に入る年齢でもないから、「児童自立支援施設」っていう、ぼくが初めて聞く名前のところに入る可能性が高い、とも書いてあった。そして、普通は1か月の裁判なのに、異例な事件を起こしたあの子の場合は、精神鑑定が必要なんだってことも。だから子どもの裁判なのに、大幅に長引かせることを裁判所が決めた、ということだった。

それから3か月近くたった、8月下旬。

親父さんは、裁判所で意見を述べることになった。

これは特別なことだったらしい。あの子のことを遺族としてどう思うか話す機会を、わざわざ裁判官が作ってくれたみたいだ。

でもぼくにとっては、それはべつに、特別なことなんかじゃなかった。

だって、怜美はもう死んでしまったんだから。時間は止めることができないし、時間は戻すことができないじゃないか。

朝、裁判所に出かける前に、親父さんに、

「何かおまえも言いたいことがないか」って聞かれた。

「あの子に会ってみたい」

とだけ伝えた。

ぼくの気持ちは、それだけだった。ただ、会いたいって。

あの子のことを知らなかったら、そんなことは言わなかったかもしれない。いや、それは言わないだろう、逆に。あの子を直接知っているからこそ、会って話がしたかった。何でそんなことしたんだって、一言だけ聞きたかった。たとえ、ガラス越しでもいいから。


でも、そこまでは裁判所的には、ありえない話だったみたいだ。

ぼくらは、あの子がいない法廷で、目の前に座る3人の裁判官にたいして、遺族としての思いを訴えることしか許されなかった。

それならもういいや。

裁判官は60代手前ぐらいの男性と、若い女性2人だったけれど、ぼくから何か話そうなんて思いはなかった。新聞の報道で、ここで何を言ったところで結論が変わらないってことは、わかっていたから。だったら意味ないなって、半ばあきらめていた。

だから、法廷が開くまでの待ち時間も、ぼくはずっと長椅子に座って iPod で音楽を聞いていた。14歳の誕生日プレゼントに親父さんが買ってくれた、白い iPod。そのとき聞いた曲なんて、憶えていない。


親父さんはその日のために、裁判長にあてた手紙のような文章を書いていて、

「少年法が更生を趣旨としていることは、頭では理解しています。ですが『取返しのつかないこと』をした人間は本当に更生できるのでしょうか。相手やその親からの『謝罪』や『償い』という言葉は、私にとって何の意味もありません。彼女と親に言いたいことは、『怜美を私に返してほしい』だけなのです」

と、親父さんの思いを訴えた。

でも、そこにはあの子も、あの子の両親もいなかった。

新潟の彼女
卒業後に鳴ったケータイ

佐世保での生活が一段落して、マスコミのほとぼりも冷めはじめて、ようやく僕が大学に戻ったころには、もう夏が終わりかけてた。

大学近くの空き地に赤トンボが飛んでた。大学に向かう道が、何だか懐かしかった。

事件が起きてから、僕は根腐れした。

もともと授業にはたいして出席してなかったけど、さらにサボるようになった。たまに顔を出しても、ぼーっとしてた。大学の勉強そのものへの興味がすっかり冷めてしまった。

だって、大学に入ったころには、心理学を学んでカウンセラーになろうって目標があった。わざわざこの大学を選んだのも、空手と心理学の勉強ができるっていう条件がそろってたからだ。

でも、さっちゃんが殺されて、「心理学なんていらんわ、カウンセラーなんて、全然意味ないわ」ってなってしまった。

事件のあと、僕ら家族が何とか毎日を押し流すことができたのは、シュウちゃんやタカハラさんが気遣ってくれたおかげだった。あの人たちが、御手洗家の炊事や洗濯を肩代わりしてくれたり、親父や僕に付き合って、一緒に酒を飲んでくれた。そのおかげで、かろうじて僕たちは踏ん張ってこれた。

そんな経験をしたら、人を助けることなんて大学で勉強するもんと違う、って思ってしまった。親身になってくれる情の通じた人間、身近な人たち、僕の周りにいる友だちしか、僕を助けてくれる人なんておらん、って。

カウンセラーなんていらん、何がカウンセラーや。

完全に気持ちが切れてしまった。

空手と心理学。僕が長崎を出て四国の大学に来た理由が2つともなくなった。

それからは、学校に目標なんてナシ。もう、どーでもいいって思った。

目標を失えば、生活は落ちる。

まず、はまり込んだのが、ギャンブル。日がな一日、近所のパチンコ屋に入り浸るようになった。タバコの煙が立ち込めるフロアに電子音のBGMがガンガン鳴ってるなかで、「北斗の拳」シリーズや、「吉宗」とか「海物語」とか。1日中パチンコ台とにらめっこ。パチンコ、パチスロ、どっちもめちゃくちゃ打った。で、パチプロ並みに稼げたかというと、それが全然ダメだった。とにかくドハマりして、とにかく負けまくった。
レンタルビデオ屋のバイトはシフトをめいっぱい入れてたから、15万円~20万円ぐらい稼いでた。大学生だったけど、親父からの仕送りとバイト代を合わせたら、普通の若いサラリーマン以上に金はあった。

なのに、ギャンブル漬けの僕は、常に金欠。給料日に銀行でバイト代を全額おろして、その足でパチンコに行って、翌日の残金が50円しかなかったり。

金が底をついたら、友だちの家を渡り歩いて、夕飯をおごってもらって、そのまま寝て、昼飯までおごってもらったり。ギャンブル依存症のレベルでパチンコにハマる人は、国内に40万人近くいるらしいけど、僕はどっぷりその一人、依存症だった。


事件当日、僕に携帯メールをくれた彼女は、前に付き合ってた「はちきん」のアンジェリーナ・ジョリーと違って、わりにまじめで、図書館で本を読んでいそうな文系タイプだった。新潟生まれで、メガネをかけてて、勉強もしっかりしてて、どちらかというと教室では目立たない地味な子。外に出るよりも、家にいるのが好きなインドアの子だった。なぜか古文が好きで、「いとうれし」とか「かぎりなく愛(かな)しと思ふ」とか、昔のきれいな言葉を面白がって使う子だった。四国の学校に通ってるのに、話してると、たまにお国なまりが出るのがかわいかった。

お笑い好きで、映画好き。それと、マンガ好き。

彼女の少女マンガ好きに、僕は影響された。羽海野チカの「ハチミツとクローバー」とか、ジョージ朝倉の「恋文日和」とか。バイト先のレンタルビデオ屋は、マンガも貸してたから、バイトの役得で読み放題。お店から紙袋いっぱいに借りてきたマンガを、一晩中、一緒に読んだりした。僕の知らない世界を、彼女はたくさん知っていた。

最初、彼女は男子禁制の寮に住んでたから、僕がそこに忍び込んで一緒にいたけど、おたがい引っ越してからは、半同棲みたいな暮らしを始めていた。


彼女とどうして付き合ったんだろう。なんか言葉にしなくても、気持ちが通じるなっていう不思議な感覚があった。それに、なんとなく一緒にいると胸の奥が苦しくなるような、はかなげな子だった。ほっとけんなと思った。

まぁ親父とお袋というほどじゃないけれど、好きなものを共有して、過ごしている同じ時間や価値観を……、もしかしたら、僕の人生の大事な部分を、分かち合えているような手ごたえがあった。心の奥深いところでつながっているような。そんな感覚を人と共有するのは、初めてのことだった。


でも、さっちゃんが殺されてから、彼女との関係が壊れはじめた。

最初のきっかけは、僕が幽霊部員になっていた軽音楽部の活動に復帰したことだ。「あの日」から、僕は、好きなことを好きなだけやるしかなかった。

それで、一度は足が遠のいてた軽音楽部で、バンド活動を再開した。とにかく酒を浴びて、音に浸って、時間をやり過ごしたかった。

ただ、その軽音楽部には、僕が1年生のころにちょっと手を出しかけた女の子がいた。それを知った彼女から「軽音には行かんといて」ってせがまれた。それで、けんかになった。

「いや、今の僕は好きなことをしとらんかったら、正気を保てんのよ」

僕は、彼女にそうつよく言って突っぱねた。軽音の女の子と付き合おうなんて気持ちは、さらさらなかった。

「いや、だって、そうそうあることじゃないやろ、妹を殺されるなんて」

僕はギリギリだった。気を紛らわせることが、絶対に必要だった。好きなことを「やめて」といわれたら、僕の日常が立ち行かなくなる。

「頼むから、しょーもないこと言わんといてくれ。僕の気持ちをわかってくれ」

ただ、そうは言っても、20歳（ハタチ）そこそこの女の子が、わかるはずがない。僕が逆の立場だったとしても、わかりっこないと思うし。だけど僕も、自分の気持ちを止められるわけがなかった。僕は彼女が止めるのもきかず、そのまま軽音の部室に入り浸った。

社会人とのスカバンドにも一層熱を入れたし、バイトにも明け暮れた。パチンコ通いも拍車がかかった。バンドのライブは月に2、3回あって、その打ち上げでも、むちゃくちゃに酒を飲んだ。傍から見たら、ちゃらんぽらん。外れだしたタガを、自分でも止められなくなった。

このままいくと、何するんかわからん——。

おそらく彼女からみたら、僕は暴走してた。そして、真面目な彼女は、そんな僕を、心から心配してくれてた。僕にも、彼女の気持ちが痛いほど伝わった。でも、だからといって、それは止められるような話じゃなかったんだ。

彼女は、事件の話題にほとんど触れなかった。それはきっと、彼女が気を遣ってくれたからだ。僕の力になりたい、支えになりたいって思ってくれているのが、僕にもわかった。

でも、家族のなかでさえ消化できない苦しみを抱えてるのに、それを一介の大学生の女の子が支えるなんて、無理な話だった。彼女が悪いんじゃない。僕が彼女の立場だったとしても一緒だったろうし、どだい、理屈や常識で考えることができない理不尽な事件で妹が殺されてしまったんだから、それはそうだ。

さっちゃんが殺されて、世間で騒がれて、ニュースもいっぱい流れていった。だけど、僕にとってそんなことはもう、どうでもよかった。僕にとって、さっちゃんの死は、ものすごく個人的な痛みだった。僕の心にだけ、ぽっかりと空いた喪失だった。世間と一緒に共有なんて、できっこない。

でも、僕はその一方で、いくら自分がつらくても、彼女にすがったらダメだって思っていた。このつらさは、誰とも共有できないし、誰の力も借りられない。僕自身が向き合うしかない。

彼女と僕は、たくさんの部分を共有できた。そんなことは、彼女が初めてのことだった。でも、さっちゃんが死んだ事実だけは違う。共有なんて、できないし、しちゃいけない。

力になりたいと思っていた彼女にとって、それは大きな疎外感だっただろうし、自分を無力に感じさせてしまったとも思う。

でも、それでももし、共有もできないのに、彼女にすがるだけすがってしまったら、それはきっと、僕のためにも、彼女のためにもよいことにはならない。

僕は彼女との関係に逃げ込むことはしたくなかった。


結局、彼女とは別れてしまった。はっきりした理由なんてない。ただお互いに、どうすればいいかわからなくなってしまった。

それで、もう、これはダメだなって。

「地元帰るね」

「そっか」

彼女は大学を卒業すると、実家の新潟に戻っていった。

淡々としたものだった。彼女には、それから一度も会っていない。大学でしっかり勉強して養護教諭の免許を取ってたから、きっとどこかの学校の保健室の先生になったはずだ。


もし、事件が起きなかったら。

もし、さっちゃんが殺されなかったら。

僕は彼女と結婚していた気がする。そんなことは一言も口にしてないけれど、きっと彼女も同じ気持ちだったんじゃないか。


大学を卒業して、5、6年が過ぎて、僕がもう社会人になっていたころ。1度だけ彼女から携帯に電話がかかってきた。

「ねぇ。あのとき君は私のこと好きだった?」

「うん。好きやったよ」

「うん。なら良かった」

それだけ聞くと、彼女は電話を切った。それっきり。いつのまにか携帯番号もどこかになくしてしまった。

今でもふしぎと、このときの電話を思い出すことがある。

さよなら佐世保
親父さんとぼく

夏休みが明けた。

この夏、ぼくはほとんど家から出られなかった。「家の周りにはマスコミがいるから外に出るな」と親父さんにも言われていたし、カーテンを閉めきって、ひきこもる生活がずっと続いていた。だから、2学期がはじまって学校に戻るときは、少しホッとした。

嬉しかったのは、同級生のみんながこれまで通りに接してくれたことだ。気を遣わずに、いままで通りに。くだらない話で笑ったり、放課後に友だちの家に寄って、ゲームで遊んだり。ぼくは久しぶりに同級生たちとじゃれあった。

その一方で、学校に戻ったら、校長先生や担任の先生が「大変だったな」と声をかけてくれたり、「家での様子はどう？」「困ったことはないか」とか、相談に乗ってくれるんだろうな、とうっすらと期待していた。けれど、そんな話はまったくなかった。スクールカウンセラーからもなかった。

妹を失った子どもにそんなこと聞いたら傷つくと思ったのか、それとも聞くのが怖いと思ったのか、それはわからない。周りの先生は、事件については静観していた感じ。もしかしたら、「アイツがおかしくなったら、何とかしよう」って気持ちでいたのかもしれない。ぼくはそんな大人たちからみたら、「おかしくなかった」のかもしれなかった。

でも、妹が殺されて、おかしくならないわけがない。兄貴は号泣したし、新聞を読んで怒りまくっていたし、親父さんは相変わらず目がうつろ。14歳のぼくは、ただ平常を装っていただけだった。ぼくとしては「ああ、大人はぼくの話を聞くつもりはないんだな」って思っただけ。

「あの子」は少年審判で、児童自立支援施設に入ることがあっさり決まった。

兄貴は四国に戻り、支局2階に入りきれないくらい詰め掛けていた記者の数も、ぽつぽつと減っていった。ぼくと親父さんの暮らしに、もとの静かさが戻ってきつつあった。

ただ、親父さんの心情は安定していないようだった。

そんな親父さんを見て、ぼくは、自分の感情を殺さなくちゃってつよく思った。悲しいからって泣いてはいけない。親父さんにこれ以上負担をかけないですむように、ぼくがこの気持ちを我慢すればいい、って。

そうしてぼくは自分の感情を心の奥にしまいこんだ。「いろいろ考えるのは、もうやめよう。犯人が誰であれ、怜美はもう死んだんだ」って。

そんな風に思ったのは、もしかしたら、おかあさんを小学6年のときに失くした経験も大きかったかもしれない。亡くなった人は、もう帰ってこないという事実が、わかりすぎるほどわかっていたから。だから、事実そのものは受け止めようって。逆に、怜美が死んだという事実を信じないとか、受け止めないままでいるという選択肢は、ぼくのなかには生まれなかった。

ただ、ぼくの頭のなかで理解できた事実というのは、あくまでそれぐらいのことしかなかったともいえた。怜美が殺されたことで巻き起こった、目まぐるしいような数々のできごとは、中学3年のぼくには理解が追いつかないことも多かった。ぼくにはただ「親父さんには絶対に迷惑をかけちゃいけない」っていう心のなかの縛りがあるだけだった。

怜美は死んだ。そこだけ受け止めて、それ以上の事実は、受け止めない。

そうやって、ぼくは、心のシャッターを下ろしてしまった。それ以上の事実は、無理に頭のなかに入れないって決めてしまった。

だからぼくはもう、受験勉強に専念することにした。事件のいろいろなことで頭や心がいっぱいになってしまうよりは、何かに没頭して、余計なことを考えないほうが、悩むこともないし、まだ楽だと思った。

ぼくはもともとバスケばっかりやっていて、成績は良くなかった。

偏差値でいうと40台。平均以下だった。でも、学校から帰ってきて、1日5〜6時間勉強していたら、1学期の遅れを取り戻すどころか、成績がぐんぐん上がった。それまでは英語だったらアメリカの地名「Georgia（ジョージア）」を「ゲオルギア」って読んで、ゲオルギアって何だろう？　って考え込んでいたレベル。それが、家で勉強して、兄貴が昔通っていた明光義塾にも通い始めたら、2か月の遅れなんて簡単に取り戻せて、逆にウナギ上りだった。

偏差値は20以上も上がって60台。もともと好きだった理数系の科目は、一気に伸びた。先生たちが不思議がるぐらいに。この点数だったら、行ける高校はどこにでもあるってぐらいに。

ただ、親父さんとしては、もう佐世保にはいられないという思いを固めていたみたいだ。年が明けたら、親父さんは職場を福岡に移すことを決めていた。きっと、「もう、佐世保にはいたくない」という気持ちでいっぱいだったんだ。

だから、親父さんには、福岡の高校に行くように説得された。

でも、ぼくとしては中学3年間をつるんでいるコマツやノダやコハラがいる地元の高校に通いたかった。この成績だったら、地元では進学校の佐世保北高校とか、佐世保西高校も射程圏内だ。高校なら寮に入ることもできるから、十分にありえる話だった。というか、正直に打ち明けると、周りに友だちがいないと、ぼく自身がまともでいられるか不安だった。

ぼくは、だれとでもすぐに打ち解けられる怜美や兄貴とは違うから、もし新しい土地に住み始めたら、これまでと同じようにゼロから新しい生活を構築できるのか、自信がなかった。せめて、自分のわかっている世界で、安心できる状態を維持することが、ぼくには必要だった。たとえ怜美が殺された場所でも、慣れ親しんだ環境にいる方が、ぼくにとってはまだよかった。

親父さんには、「絶対に地元の高校に行きたい」って何度も訴えた。ふだん自己主張しないぼくが、むきになるぐらいに。親父さんには、ぼくの必死さはきちんと伝わっていたと思う。


でも、ある夜。

お風呂上がりに公立高校向けの過去問を解いていたら、ドアをノックする音が聞こえて、親父さんがリビングの椅子を持って、ぼくの部屋に入ってきた。部屋に入ってくるのも珍しいのに、親父さんは椅子に腰を下ろして、柄にもなく、雑談を始めた。

「なあ、長崎の共通試験なんか止めてさ、福岡の高校に行かないか？」

親父さんは頃合いを見計らったように、切り出してきた。

でも、「佐世保の高校に行く」ってぼくは一向に折れなかった。

断固として譲らないぼくと、なんとか口説き落とそうとする親父さん。

半ば口論になりながら、やり合っていると、親父さんは両目に涙を浮かべながら「お願いだ。俺についてきてくれ」って頼みこんできたんだ。

ええっ？　驚いた。まさか親父さんが、息子のぼくと口ゲンカをしながら、泣きだすなんて。

「俺のそばにいてくれ。頼む」

親父さんは、もう泣き落としに近い形で、ぼくにせがんできた。今まで見たことのない弱々しい親父さんの姿だった。

親父さんは、人前で自分の弱さなんて見せる人じゃなかった。佐世保に来るまではあまり家にいなかったし、口下手で愛想もないし、ぼくにとっては遠い存在ではあったけれど、何というか、男らしくて、頼りがいがあるイメージを持っていた。少し鈍くはあるけれど、物事に動じないタイプというか。

それが、ぼくが佐世保に残って、親父さんと離れることが現実的になったからといって、自分のそばにいてほしいって、泣きべそをかくなんて。そこまでやられたら、折れるのはぼくの方だった。「これはもう、ついていくしかないな」って。それに、ぼくもそんな親父さんのことが心配だった。ぼくは諦めに近い気持ちを抱いて、佐世保から離れることを決めた。

年が明けて、クラスのみんなが長崎県の公立高校の共通試験を受けた日、ぼくは学校の教室に残っていた。あとで新聞に掲載された入試問題を解いてみたら、理科は100点。数学も97点だった。5科目（500点満点）で、470点超え。佐世保で一番の進学校の佐世保北高の合格最低ラインは420点だったから、文句なくパスできたことになる。

でも、ぼくは福岡の私立の進学校を受けて、そこに入学した。

そう、親父さんとぼく。福岡での2人きりの生活が始まったんだ。

3ガロン600円 フロイトなんてクソくらえ

僕（ぼく）

人の心を学問でどうにかしようなんて、何かおこがましい。

フロイト？　ユング？　あんたらに僕の何がわかんの？

事件が起きて、もう心理学なんていらんわって一気に冷（さ）めた。パチンコにのめりこんで、福沢諭吉がただの紙切れみたいに吸い込まれていくのを見ながら、僕はとにかく時間を後ろに追いやってた。

でも、どんなにつらくても、どんなに心が荒れてても、退屈しのぎにはアキがくる。

一日じゅう、台の前で地蔵さんのように座ってるなんて、やっぱり僕じゃない。パチ屋にいくら貢いだところで、自分の道は切り開けん。

勉強を放り出して、ギャンブルさえもマンネリになった僕が、新しく見つけた目標。

それは、「商売人になる」ってことだった。

心理学なんかより、もっと具体的。手触りがあって、お金が目に見える。

よし決めた、これでいこう。

カウンセリングなんて値段をどうつけたらいいかわからない仕事より、「物を仕入れて、物を売る」っていう考え方のほうが、よっぽどシンプルで腑に落ちた。


大学の卒業が迫ってきたころ、バイト先の店長が声をかけてくれた。

「お前、そろそろちゃんと働いた方がいいんちゃう？　社長と話してみ？」

ここの社長は山っ気たっぷりの、典型的なワンマン。レンタルビデオ屋だけで十数軒の店舗を展開してる、やり手の一代目だった。社長はビデオ以外にも手広く事業を伸ばそうとしてるらしく、「このまま社員にならんか？」って軽い感じで誘ってくれた。僕も「そうすか。じゃ働きます」って二つ返事。

僕はそのままレンタルビデオ屋に就職した。

就職活動はいっさいしなかった。ゆくゆくは商売人として身を立てたい僕にとって、社長の顔も知らないような大企業のサラリーマンになるより、こういう小ぶりなオーナー会社で商いを覚える方が、道が開きやすいと思ったんだ。

卒業するからって、親父を心配して九州に戻るなんて気持ちはサラサラなかった。

その会社はちょうどいろんな業種に色気を出し始めてて、僕が最初に任されたのは、水を売る仕事だった。

「健康を考えるなら、まずは水から。蛇口をひねって水道水を飲むより、ウォーターサーバーが一番！」

「コンビニのペットボトルより、どでかいガロンボトルで買う方がずっとお得ですよ！」

3ガロン（約11リットル）入りの飲料水を売る商売だ。ガロンボトルは1本600円で、四国の企業や施設、一般家庭に売りさばいていく。

初任給は月給15万円。手取りでいったら、12、13万。「給料安っ!! こんなん僕、パチンコ行ったら1日でスれるで!!」って思ったけど、商売人の道に進む第一歩として、この営業は、なかなか悪くない選択だった。

水ビジネスは完全に新規事業だから、担当は上司と新人の僕の2人だけ。立ち上げから関わって、マンツーマンの英才教育が受けられた。

そのかわり、当然、休みはナシ。

大口だろうと小口だろうと、取引を増やすためならどこへでも車を走らせた。朝から晩まで四国中を飛び回った。睡眠時間もけずって、空いた時間にトラックの中や工場で仮眠をとった。女の子にモテるために付けてたコンタクトも、またビン底メガネに戻して、仕事に専念した。

でも、中学と高校で空手をやってたから体力には自信があったし、意味の見つからない勉強をするのと比べたら、全然苦しいことじゃなかった。

最初の1週間で僕に問いかけられた課題。それは一言でいうと、水を売ってもうける秘訣は何か、だった。

僕の答えは「いかに大口でまとめて卸すか」に尽きた。

このビジネスは、ウォーターサーバーを無料で貸して、定期的に上の水ボトル（有料）を交換していくという販売スタイルだ。とにかく水ボトルを大量に、なおかつ継続的に購入してもらうことが大事。そしてそのほとんどが、飛び込み営業から「ご新規さん」の契約へとつなげるパターンだった。

だけど、自然も川も多い四国は、名水が多い地域でもある。俗にいう「エスキモーに氷を売る」じゃないけど、ここで水を売るには、知恵と話術と営業力が求められた。

でも、何といっても、僕は親父よりもお袋似。おしゃべりは大好きだし、そもそも人に会うのが好き。お袋譲りの図々しさを発揮して、福祉施設とかに2トントラックで一気に50本ぐらい、水を卸したりした。

四国は電車やバスなんかの公共交通機関は使い勝手が悪いから、営業は車で回った。免許取りたてだったけど、バンバン四国中を走り回った。1日の走行距離は100キロを下回らなかった。

入社1か月ぐらい経ったある日の夕方。

その日も極度の寝不足だった。眠い目をこすりながら、僕は高速道路を軽トラで走ってた。営業帰りで、荷台には水のボトルを積んでいた。

「何かきょう、風強いな」

左カーブを曲がろうとしたとき、横風を受けて、車体がふらついた。ヤバッ！　て思ってハンドルを右に切ったら、車体がグラングラン揺れだして、ハンドルが利かなくなって、そのまま横転。軽トラの右ボディとアスファルトがガリガリこすれる物凄い音がした。スピードのついた軽トラは、そのまま横滑りしながら対向車線につっこんでいった。

うわ。僕、死んだかな。

そう思ったけど、奇跡的に無事だった。

一瞬意識を失ってたのか、気づくと、僕は運転席で横倒しに転がっていた。シートベルトを外して、天窓みたいになってる助手席の窓をよじ登って外に出た。

トラックはひっくり返って全損。でも、僕自身は無傷だった。被害といったらメガネぐらい。衝撃で吹っ飛んだメガネを、四つん這いになってドラえもんの「のび太」みたいに探したぐらい。たまたま対向車線に車が走ってなかったから、命拾いした。

この事故で僕は高速を通行止めにして大迷惑をかけたし、会社のトラックが全損したから、入社早々なのに120万円のローンを組んで、中古の日産エルグランドを買う羽目になった。

でも、僕は全然へっちゃらだった。だって、そんなこと、さっちゃんが殺されたことに比べれば、どうでもいいことだった。全然たいしたことじゃないって。僕はかぎりなく吹っ切れていた。

ギャンブル中毒を卒業した僕は、仕事の中毒になってた。他のことには目もくれなかった。働き始めて、ひとつだけ親父に感謝したことがある。それは、あの事件が起きたとき、僕ら兄弟をメディアの矢面に立たせなかったことだ。

あのころ親父は会見をしたり、手記を出したり、マスコミが勝手に決めた節目ごとに、世の中に顔を出してた。僕は内心「カッコつけんなよ」とか、「遺族としての納得が大事だろ」とか「一人だけ背負うってのはどうなん?」って反発してた。

でも、そう思ってたんだけど、やっぱりマスコミにも「ニュースの旬」ってものがある。最初の報道はひどいものも一杯あったけど、1年、2年と過ぎると、世間の人たちは、あの事件がどういう事件で、どういう動機で、どういう方法でさっちゃんが殺されたか、なんて細かいことは、きれいさっぱり忘れてた。

残るのは、具体的な事実じゃなくて、抽象的なイメージだけ。それも、ざっくりした印象だけ。もちろん世間の人が悪いんじゃなく、何も知らない僕がそういったニュースに触れても、きっと同じだ。ニュースって結局、そんなもんだということ。

メディアだって、そりゃあ商売でニュースを売ってるわけだから、古いニュースなんて、どんどん消費されて、忘れ去られてしまうのは当たり前なのかもしれない。

だから、ああ、なるほどって。

親父は、将来こういうことになるのがわかってたから、自分が矢面に立ったんだなって。もし、あのとき、僕や弟の顔や名前がさらされたら、僕らがその後、生きにくくなる、って親父は考えてたんだ。

特に僕は、メディアに対してかなり頭に来てたから、もし表に出たら、自分の思いのたけを勢いに任せてぶちまけてたはずだ。後先のことなんて考えず、その場限りの感情を、吐き散らしてた。でも、時間が過ぎれば、僕の発言の内容なんかより、きっとただの「荒れた兄貴」の悪いイメージだけが世の中に残っていく。

親父は、自分が会見に応じたり手記を出すことで、世の中に残っていくイメージを、ぜんぶ自分ひとりで引き受けてたってことだ。

仕事を始めてから、僕は事件のことを他の人に話さなかった。「事件」については、他人に隙をみせたくなかったし、つくらないように気を張っていた。

それでも、佐世保や、ましてや九州でもない四国であっても、やっぱり200軒、300軒って飛び込み営業をかければ、いろんな人がいる。

「珍しい苗字やね。そういえば昔、佐世保で起きた事件の被害者も『御手洗』って名字だったよね」

僕の名刺を見て、そう言ってくる人が、2、3人は必ずいた。

興味本位の人もいれば、ひょっとして？　と野次馬的に根掘り葉掘り聞きたそうな人もいた。

単に天気や景気の話と同じ調子で、「そういえば、キヤノンの会長も同じ名字だね」って話題を振ってくる人もいた。

「ああ、そんな事件がありましたね。残酷な事件でしたよね」

たいてい僕は、そう答えて受け流した。それで、その会話は終わり。相手もさすがに真偽をたしかめたり、さらに追及したりはしてこなかった。

そうか、親父の判断って、それはそれで正解だったんだ。

それは僕が社会人になって、仕事を始めて、ようやく気づけたことだった。

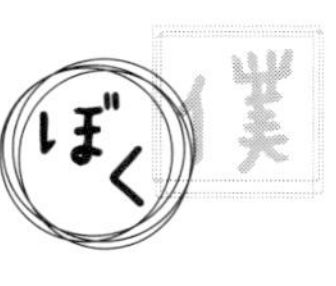

ひっくり返ったバケツ たまった水に 溺れたぼく

親父さんの説得に負けて、ぼくは福岡の高校に進学した。

大学受験向けの特別進学コース。卒業生の大半が、国公立大学に進む男子校だ。

だから、勉強はスパルタだった。

朝7時半から授業が始まって、ぶっ続けで授業を受けて、終わるのは夕方5時過ぎ。英語、数学、物理、日本史……。1クラス40人の教室で、息をつく暇もなく勉強、勉強、勉強。

ぼくは毎朝5時半に起きて、6時には学校に向かった。学校は自転車で坂道を40分のぼった先。

受験が終わったばかりだったけれど、猛烈に勉強漬けの生活が、高校でも続いた。

中学3年のときと同じ生活。でも、そこにはもう、佐世保時代の友だちはいない。そして家には、怜美がいない。兄貴は遠くだし、ぼくと親父さんとの2人っきりの生活。

福岡に来て、親父さんは地方版のデスクとして、本格的に職場復帰した。若い記者が書いた県内の選挙やイベントの原稿をみる仕事だ。ぼくの目からみても、昔の父親が戻ってきたみたいだったし、毎日会社に行くうちに、生活のリズムができて、少しずつ日常を取り戻してきているみたいだった。家のなかで、親父さんがテレビのお笑い番組を観ながら笑うこともあった。

そんな親父さんをみて、ぼくはちょっと安心した。おかあさんが死んで、怜美が殺されて、親父さんまでいなくなっちゃったら、いったいぼくはどうなるんだろう？　って思っていたから。

仕事が普通になってくると、その分、親父さんが家に帰ってくるのは遅くなった。帰宅はだいたい夜の12時前。勤務先が新聞社だから、そのぐらいはあたりまえのことだった。だから夜はたいていぼくひとり。冷蔵庫をあさって簡単な炒め物をつくったり、コンビニ弁当を買ってきて夕飯にした。

佐世保にいたときには、コンビニ弁当を食べるなんてことは、滅多になかった。怜美と、親父さんと、場合によっては職場の若い人も一緒になって、にぎやかにテーブルを囲んでいたのに。福岡に来て、ぼくは近くのファミリーマートの常連客になった。唐揚げ弁当、焼肉弁当、幕の内、チャーハン、ナポリタン……。店頭に並んだものは完全制覇。ずいぶんと生活が様変わりした。

親父さんは、少しずつ回復した。でも、何がきっかけで、どうしてそうなったのかはわからない。ぼくは高校に入学してすぐに、おかしくなった。

教室にいるのがつらい。熱がないのに頭が痛い。身体がだるくて、重くて、やる気が出ない。

授業を聞いても、その内容が頭に入らなくなった。心が離れているというか、勉強そのものに、まったく集中できなくなった。ノートもまともに取れないぐらいに。

それまでの受験勉強は、ぼくにとって「現実逃避」の手段だった。没頭することで、いろんなことを考えずにすむ手段だ。でも、受験が終わったら、なぜか勉強が現実逃避の手段として機能しなくなった。ぼくとしては、普通に高校生活に目を向けられて、普通に授業を受けられれば、何の文句もないのに、そんなことさえできなかった。

そうこうしているうちに、授業に自分がついていけなくなっていることに、ぼくは気づいた。中学時代に事件のために学校を休まなければいけなくなって、2か月のロスがあったとき、ぼくは気にもとめなかった。なのに、高校に入ったら、ちょっとの遅れが、ものすごく気持ちを焦らせて、ツラいことのように思えてきた。


今のぼくはどうしてこうなっているんだろう?

どうして普通を保つことができないんだろう?

どうして何も手につかないんだろう?


そんなことを考えつづけたら、怜美が殺されてしまった事件について、ぼくがフタをしつづけているからだ、って思えてきた。

考えがそこにたどり着いてしまったら、もうダメだった。

今まで脇によけていた、怜美の死と、ぼくの気持ち。それが、一気に目の前にぶらさがってしまった。朝から国語の教科書を読むときも、昼過ぎに物理の数式を解くときも、授業の間中、事件のこと、その一点だけをどうしても考えてしまう。

それは、いきなり目の前に暗幕が垂れ込んだというよりは、気づいたら自分が迷路の真ん中に突っ立っていた感じだった。どこをどう歩いて、何をどうしようとも、出口が見つからない。ぐるぐると右往左往するのだけれど、どこもかしこも行き止まり。出口の塞がれた迷路を、いつまでもさまよっているような感覚だった。

「怜美から『あの子』とのトラブルを聞いたのは、ぼくだけだろうな」

「『お父さんには秘密ね』という怜美との約束を破ってでも、親父さんに相談するのが、正解だったんだろうか」

考えだすと、止まらないし、止められない。気持ちがそこにばかり照準が合ってしまって、頭から離れない。事件を止められなかった悔しさと、後悔が、頭のなかで入り乱れるようによぎってきて、ぼくはその思いを受け止めきれなくなってしまった。バケツのなかにためていた水が、全部ひっくり返って、ぼくの頭にかぶさってきた感じだ。

もう、ぼくの身体は動かなくなってしまった。

もう、ぼくはダメだ。

それからは、教室に入ることさえできなくなった。朝5時半に起きて学校に向かうのは変わらないんだけれど、着いたら保健室に直行。

本当なら、学校に行かずに外で遊んでもよかったのかもしれないけれど、高校は制服だったし、見つかれば補導されるので、それもできなかった。

保健室の40代ぐらいの女性の先生には、事件のことを大まかには話した。怜美が殺されたこと、ぼくがその兄であること、こんなことになる前に、もしかしたら自分にできることがあったんじゃないかって悩んでしまうこと。

でも、それは、事件についてニュースで報じられているレベルの「あらすじ」のような説明で、交換日記の話とか、インターネットでのいさかいの話とか、具体的に踏み込んだ話はしなかった。白衣を着たその先生は、「わかった。じゃあ、また保健室においで」と言ってくれた。ありがたかったけれど、でも、それ以上に何か聞こうという感じでもなかった。

事件のあと、ぼくは周りの大人たちに、生活面での具体的なサポートをたくさんしてもらっていたはずだ。でも、精神面でのサポートは、だれにもされた記憶がない。自分でもわからなかったけれど、ぼくは、そうとうに我慢をしていた。事件から半年以上もすぎてから、抑えこんでいたいろんな思いが自分の心のなかに渦まいて、どうしようもなくなってしまうなんて、思いもよらなかった。

それからは、朝7時半から夕方5時まで、ひたすら保健室の椅子に座り続けている生活。事件のことをあれこれ悩むこともあれば、腑抜けたようにボーッとしているときもあった。ふっと気がつけば、たいてい夕方になっていた。

それでも、家に帰るときには、無理にでも気持ちを切り替えた。そして、いつもと変わらないふりをした。親父さんは仕事で帰りが遅いのに、毎朝5時に起きて弁当を作ってくれていた。ぼくが普通に高校生活を送っているって、親父さんには思い込んでいてほしかった。親父さんは、やっと自分を取り戻しつつある時期だったし、何よりもぼくについてきてほしい、って泣き頼んでぼくを福岡に連れてきた。それが、今のぼくを苦しめてるなんて思ってほしくなかった。本当は佐世保に残した方が良かったなんて、親父さんを後悔させるわけにはいかなかった。だって、ようやく親父さんが立ち直ってきたんだから。このタイミングで、ぼくが親父さんの足をひっぱるのだけは絶対にいやだった。


6月の終わり。とうとう学校から「進級には単位が足りません」って、通知が親父さんに届いてしまった。

「もう学校に行くことができません」

ぼくは親父さんにそう打ち明けて、学校を辞めることにした。

4月、5月、6月。3か月足らずの高校生活だった。

親父さんは、ぼくの変化に気づかなかったことに、ショックを受けたみたいだ。怜美の事件のときもそうだったけれど、「俺は子どものことを、何にもわかってない」って。

でも、ぼくだって必死に隠していたし、仕事で慌ただしく生きている男親が、子どものことにまで気配りなんてできるはずはない。

それからの親父さんの心配はそうとうなもので、ぼくは精神科医やカウンセラーの元に連れ回された。怜美を殺したあの子も精神科医の鑑定を受けていたけれど、被害者の兄のぼくも、同じように医者の世話になった。精神科のクリニックから、大学病院まで、次から次へと診療所巡り。男の先生も、女の先生も、若い先生も、年配の先生もいた。大学病院では「1か月ほど入院してください」と言われた。え？　そこまで？　と思ったけれど。

ただ、どの病院のどの先生と話しても、結果的に、ぼくの心も身体も元には戻らなかった。

だって、みんな要するにぼくの話を聞くだけだから。

「何でもいいので、話してください」って言われるのだけれど、ぼくは何を話したらいいのかも、どう話したらいいのかも見当がつかない。それで事件の概要と、ぼくの状態だけを話す。保健室の先生のときと一緒。

6、7か所を巡って、わかったのは、ああ、このぼくの状態は解決しないんだな、って、それだけ。あとはどうすることもできなかった。言いようのない不安に、のみこまれた。
　これから、ぼくはどうなるんだろう。

希少金属（レアメタル）と独立インチキおじさん登場

どんなビジネスも、成功するかどうかは営業マンの腕ひとつ。

おしゃべり好きな僕にとって、水を売る仕事は、どうやら性分に合ってたみたいだ。

競合する他社に勝ちたいっていう張り合いもあったし、結果が数字で表れるのも、わかりやすくて励みになった。


「これから、レアメタル伸びるよ。そうロシアだよ」

声をかけられたのは、社会人2年目のことだった。お客さんとして知り合った会社の社長だ。

社長は、元々はペンキ屋の営業上がり。学歴もないのに、営業一筋でのし上がって一国一城の主になったという、たたき上げの男だった。1軒1軒、僕と同じように飛び込み営業をしては仕事を取りつけて、そこでバンバン注文を取って、一代でのし上がったらしい。

僕は「究極の商売人」を目指してたから、この社長と初めて会ったとき、「へー!! 世の中にはスゴい人がいるもんや」って驚いてしまった。

社長は60歳前後で、白髪まじり。たいていチェックのシャツとかを着ていた。成功者なのに、見た目は全然気取ってない。そのくせ仕事の話になると、「俺が若いころの列島改造ブームは千載一遇のビジネスチャンスだった」とか「バブル崩壊のおかげで営業力の差をはっきり見せつけられたんよ」なんて、過去の武勇伝がちょろっとこぼれ出てきたりして、商売の才覚がある片鱗が、何かチラついて見えた。実際に僕の水ビジネスでも、社長の得意先を何人か紹介してくれて、男っぷりも良かった。社長のおかげで、水ボトルもけっこうさばけた。

しかも、社長はたまたま長崎の出身で、さっちゃんの事件のことも知っていた。年齢も僕より30歳以上も上だし、同郷だし、公私ともに大先輩だから、営業の極意なんかを九州弁で問わず語りに社長から聞き込んでいるうちに、すっかり惚れ込んでしまった。

レアメタルってのは、コバルトとかチタンとかバナジウムとか、希少価値が高い特殊な金属の総称で、たいして採れないのに携帯電話やパソコンには絶対必要な素材らしい。要するに、需要と供給がアンバランスで、希少＝高価って構図が生まれてるって話だ。それが今、ロシアで採掘が始まってるんだけど、まだそこに手を伸ばしてる人は少なくて、かなり狙い目らしい。社長が目をつけてたのは、そんな儲け話だった。

僕は長崎で生まれた九州育ち。就職も四国だし、当たり前だけど海外の話になんてまったく疎い。レアメタルなんて、昔は鉄くず扱いされてたものが、世の中で持てはやされてきてるってことも、初めて知った。

そうか、商売は、情報戦。この社長は、こんな四国の田舎からロシアの商機を探してる。「この人、まじでスゲェ」と思った。


社長は手広く事業に首を突っ込んでいるようだった。

ある日のこと。

繁華街に僕を連れていくと、居酒屋やスナックが並んでいる一角で、社長は改装中の店舗を指さした。

「ここオレの店なんよ。洋風居酒屋をやるんよ」

そこは誰もが知ってる表通りに面してて、人の行き来もあって、抜群のロケーション。「ここで店始めたら、儲かるな」。僕みたいなシロウトでも一発でわかる場所だった。

社長は「居抜きで買って、フロアを吹き抜けにして大幅リフォームする」とか店のコンセプトを説明しながら、「工事代金を半分払ったら、オマエを半分オーナーにしてやるぞ」って僕に持ちかけてきた。

おおっ！　半分とはいえ、自分の店を持てるんか。おもしろそうだし、人生は、挑戦の連続だ。乗らない手はない。ワクワクした。しかも社長は親切なことに、出資した金はいずれ返してくれるとも言う。これは、天与のチャンスや。

ちょうど社会人2年目のこと。このまま会社勤めしてたって、給料がぐんと上がるわけでもないし、ここで一発儲けて、そのうちには自分も腕一本で独立を、なんて夢も思い描いてた。

僕の月給は15万円。貯金なんて、ありっこないから、カード会社でキャッシングして、社長にまず50万円支払った。目の前にニンジンをぶらさげられて、迷ってる暇なんてなかった。

また別の日。

今度は、近くの町の町長の家に一緒に行こうって誘われた。

「実はオレ、あの町長にカネ貸しとるんよ」

道中の車内で社長はニヤッて笑った。2人で町長の自宅に上がり込んで、和室でお茶を飲みながら、社長と町長は世間話やらビジネスの話やらをして、会話が弾んでた。何の話をしてるのかよくわからんけど、金の話はいっさい口にしない。そこがまたカッコよかった。社長は政治家とも仲が良くてさすがやな、顔が広いなって、僕の夢はふくらんだ。

社長は事業を急スピードで拡張してるみたいで、元手の運転資金が一時的に足りなくなることがあった。

「ちょっと現金(キャッシュ)が足りないんよ」。そう言って、わりに何度も、僕からお金を借りていくことがあった。支払期限が来たり、ちょっとした投資をしたりとか、そのたびに僕はキャッシングして社長に現金を手渡す、ということを繰り返した。ただ、3回に1回ぐらいはお金が返ってくるんだけど、2回ぐらいは「もう少し待って……」と。

　気がつけば、僕は複数の消費者金融から金を借りていた。返済は厳しかったけど、僕には自分の店を持つってデッカイ夢があったから、このチャンスを逃すわけにはいかなかった。

　ちょっとだけ気になったのは、社長の小指が1本足りないこと。社長もそのことには一言も触れないし、僕も口には出せなかったけど、ひょっとして、「あっちの世界の人」だったりするのかなって。

　たしかに社長は、一風変わったところがあった。

　そのひとつが、成り行きで僕の家に泊めてほしいって頼み込んできたこと。しかも、社長の奥さんと一緒に。

「家を買ったら居場所が固定されるし、家賃払うのもムダやろ？」って。

　よくわからん展開だけど、僕はゆくゆくは居酒屋の共同オーナーになる身の上だ。学生時代から僕は他人の家に泊まったり、初めて会った人を平気で泊めたりしてたから、まぁそこは意に介するような話でもないのかな、って流してた。会社の寮で家賃はタダだったし、彼女もいなかったから、「狭いですけど、じゃあどうぞ」って。

　1Kの部屋に、僕と社長夫婦。何かヘンやなぁと思ったけど、そんなに気にも留めなかった。奥さんは社長と同じぐらいの年齢で、ひどくすまなそうにしてたけど。

おかしな同居生活が1週間ぐらい過ぎた朝だった。

ピンポーン。玄関のインターホンが、何度も鳴り続けた。

宅配便が来る予定もないし、会社の上司が僕の部屋を訪ねてくるなんてことは、これまで一度もない。

ドアを開けたら、スーツ姿のオッサン数人がいきなりドカドカって入り込んできた。一人が胸ポケットから手帳を取り出すと、

「警察の者です。朝早くからすみません」って。

は？　警察？

訳がわからんくて、あっけにとられていたら、その警察と名乗る人は、

「あなたの同居人は、我々が指名手配しているサギ師です」

って神妙な顔で続けた。

えーっ？　どういうこと？　何で？

部屋を振り返ると、社長はいない。そして、僕は大変なことに気づいた。

僕の居酒屋はどうなるん……？

というか、あの店は社長の店やなかったん？

混乱して、頭のなかがグルグル回った。

僕、だまされてたんや。ようやく気づいてびっくりした。

その日の午後。社長は市内で警察に捕まった。逮捕されてからも「逃亡の恐れがある」ってことでずっと留置所に拘束された。

警察が説明してくれた話によると、社長は実は会社なんかまったく経営してなかった。何も知らない人から金をだまくらかしては逃げ続けてるペテン師なんだって。社長とは名ばかりで、実はニセ社長だった。どうりで奥さんが申し訳なさそうにしてたわけだ。奥さんは、若くてバカな僕を、旦那がだましてるって知ってたんだ。

とはいえ、その奥さんも、旦那が捕まったとたんに破産宣告して逃げ散らかしてしまった。

「僕の貸した金はどうなるん?」って思ったけど、案の定、返ってくるわけがない。

貸した金と一緒に僕の居酒屋オーナー計画は泡と消え、残ったのは借金だけ。しかもこの計画は、独立がからんでいただけに、今の会社にも内緒にしていた。もちろん親父にも言ってない。というか、だれにも相談していない。

もう少し経験を積んだ社会人なら、傷が深くなる前に気づいたかもしれん。僕アホやな……。

消費者金融から借りた金は、ニセ社長と知り合ってからの半年間で、トータル350万円。チリが積もって、いつのまにかでっかいボタヤマになっていた。ふくらんだ夢がしぼんでも、借金だけはふくらむのを止めない。

これどうしよう？　借りた金の一部を給料で返してみたものの、とても追いつきそうにない。まさに雪だるま。小さな芯が転がるうちに、エグイ厚さの利息をまとって、いつのまにかビッグに育ってる。ちんたら返済しとっても、元本にメスが入らん。もうぐずぐずしてる暇はない。

どうする？


しゃあない、親父に肩代わりしてもらうしかない！

それしか選択肢が思いつかんかった。

「放蕩（ほうとう）息子の帰還」だ。


親父にこっぴどく叱られたのは、言うまでもない。けど、最終的にケツを拭いてもらった。親父に貯金があって本当に良かった。もちろん、必ず返せよって念押しもされたけど。

でも、まぁこのトラブルは、言ってしまえばしょせんお金で解決できるトラブルだと、僕は開き直ってもいた。だって、この失敗は取り戻せない失敗じゃない。僕が失ったものといったら、たかだか全財産だけ。それにあの事件があったからって、しおらしく「遺族」してるなんてまっぴらごめんだった。もう少し先のことになるけど、僕はこの350万円を耳をそろえて親父に返してるんだしね。

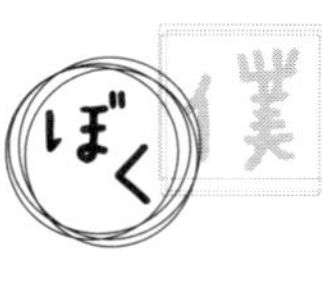

文化祭前夜ぼくを泣かせた女の子

入学した高校を3か月で退学して、ぼくは15歳で人より1周遅れの人生が確定した。

このまま高校を中退したままフリーターになるのも違うと思ったし、かといって、家に1人でこもって勉強して大検を受けるような気にもなれなかった。だから、ぼくは親父さんと一緒に新しい学校を探した。もう一度、はじめからやり直そうって。

あらためて入学したのは、親父さんが人づてに教えてもらった、単位制の定時制高校。今まで考えてもみなかった進路だった。

やりなおした学校。2回目の入学式。

そこは自由な校風で、いろんな学生を受け入れてくれる懐の広さが売りだった。前の学校のようなスパルタではないし、ぼくがこんな状態でも、大らかに気長に見守ってくれる雰囲気だった。

実際に入ってみると、たしかにぼくのクラスには、いろんな「ワケあり」の生徒がいた。

前の学校で不登校だったり、暴力沙汰を起こして中退を余儀なくされたり、引きこもりだったり、スクールカーストではじき出されたりしたヤツが大勢いた。だから、ぼく自身も、自分が周回遅れであることを、まったく気にせずにすんだ。

新しい学校は、居心地が良かった。同級生たちも、一度は学校社会のレールからドロップアウトしたヤツばかりだったから、他人への理解が深かった。事件のことばかり考えて前に進まないぼくに対しても、それなりに、ほうっておいてくれたし、なんていうか、鷹揚な感じだった。ここでは、ちょっと浮いたヤツのダメな部分も認める余裕があったし、そもそも周りが浮いたヤツばかりだったから、溶け込みやすかった。


高校に入り直したからといって、ぼくの状態が変わったわけではなかったけれど、少しだけ解放された。

ひょんなことから生徒会に入ったのも、結果的に自分を追い立てるいろんなことへの緩衝材になったのかもしれない。この高校では秋に文化祭があって、生徒会は、その準備とか、行事の運営の一切を任されていた。ぼくは日中は授業を受けて、前後の空いている時間は、生徒会の仕事に費やすようになった。部活や勉強とはまた違った形で、ぼくはぼく自身の空白の時間を埋めることができて、「事件のことばかり考える」時間が格段に減った。

中学時代に受験勉強に没頭することで「何も考えない」状況をつくりだしたように、今度は生徒会に入ることで「事件や自分のことを考えない」状況を生み出した。入学したてでは不安でいっぱいだったけれど、何とか高校生活を再スタートさせることができて、ぼくはほっとした。

それは、高校1年の秋のことだった。

生徒会で文化委員だったぼくは、まもなく始まる文化祭の準備に追われていた。文化祭は、写真や絵画の美術展、音楽バンドの発表まで、レパートリーは一通りそろっていて、学校で一番のイベントだ。文化委員は文化祭の副委員長にあたるポストだから、ぼくはとても張りきっていた。

そこで準備のペアを組んだのが、1コ上の先輩だ。

その先輩は、新学期からずっと不登校を続けている女子生徒だった。生徒会には入っていたけれど、春から一度も学校に来ていないから、会ったこともないし、どんな子かなって。

「よろしく」

初めて会ったとき、ちょっと驚いた。彼女は10センチもある厚底ブーツを履いて、黒のワンピースを着ていた。ぼくはファッションには疎いから、変わった子なのかなって思った。

すこし気難しそうで、取っつきにくくはあったけれど、その厚底ブーツの彼女の仕事ぶりはマメだった。ステージに演劇用の機材を運んだり、体育館の2階に照明を据え付けたりするのを、きびきび手伝ってくれて、仕事のパートナーとしてやりやすかった。

彼女は不登校だったけれど、ぼくが年下だったせいか、途中からけっこう親しげにぼくに話しかけてきた。そしたらアニメやマンガ、ゲームなんか、おたがい好きなものが似ていた。準備の合間に学食で一緒に昼飯を食べたりするようになって、とりとめのない話もするようになった。

ある日の夕方。

ぼくは彼女と、体育館のステージで、演劇のための照明スタンドの設定をしていた。体育館ではバスケ部とバレー部が練習をしていて、ボールが床に弾む音や、スパイクやレシーブの小気味いい炸裂音が、広い空間にこだましていた。

ステージの天井に横一線に並ぶボーダーライトを床に下ろして、ぼくらは何てことのないおしゃべりをしながら、照明をひとつひとつ確認していた。

そしたら、ぼくのすぐ脇にいた彼女が、ふいに、

「ミタライ君、キミ何か言いたいことあるやろ？」

って、言ってきたんだ。

戸惑った。言葉の意味が、すぐにはぼくの心に届いてこなかった。

そしたら彼女は、

「何か言いたいけど、言えないことがあるんやろ？　言うてみて」

って、ぼくの顔をのぞきこみながら、言葉を重ねてきた。

唐突だった。そんな風に、いきなり話題を振られて、びっくりした。

でも、かなり面食らったけれど、ぼくは彼女に事件のことを話し始めていた。

どうしてだかわからないけれど、彼女には、何の突っかかりもなく、ぼくの身の回りに起きたことや、自分の状態をさらすことができた。同年代の子に、そんな話をしたのは初めてのことだった。

中学時代の友だちとは仲が良かったけれど、事件と関係なく付き合っていたヤツらとは、その関係を壊したくなかったから、そんな話をしたことがなかった。

彼女は、スッとぼくの胸の内にすべり込んできた。

今まで保健室の先生や医者に話してきた内容を、ぼくは包み隠さず彼女に話した。怜美が殺されたこと。ぼくがその兄であること。事件が起きてから、憔悴しきっていた親父さんのこと。

ぼくはいつものように話して、彼女がそれで気がすんだと思っていた。でも、彼女はいつものアニメやゲームの話題を続けるように、まるであたりまえのことを聞くように、さらに、こうたずねてきたんだ。

「そのとき、キミはどうしてたの?」って。

え……。

ぼくは言葉を失っていた。

「そのとき、キミはどうしてたの?」

ぼく、そのときどうしてたんだっけ?

不思議そうにのぞきこむ彼女の目が、ぼくをとらえている。彼女の目が、ぼくの視界いっぱいに広がった。

ぼく、そのときどうしてたんだっけ。

これまで事件の概要を話したら、保健室の先生も医者も、静かにうなずいたり、「大変だったね」と慰めたりして、それで納得していた。それ以上、ぼくに深く突っこんでくることはなかった。だから、そんなこと聞かれたことがなかった。

ぼくの話は、いつだって事件について時系列で、相手にわかりやすいように概要を説明していただけだった。まるで新聞記事のダイジェスト版みたいに。でも、その話には、ぼく自身の話が、どこにもなかった。ぼくが登場しない、事件のあらまし。

ぼく、どうしていたんだっけ?

喉が詰まって、なにも言葉が出てこない。ひとりでに、閉じ込めていたはずのあたたかいものが、からだの奥から逆流してくる。ほっぺたが温かかった。涙のしずくが伝っていた。

ずっとからまっていたものが、するするとほどけていくような気がした。

お袋たのむ　ワンモアチャンス

車を大破させて、詐欺師のニセ社長にだまされて、親父に金を無心して。

それでも僕は、水をガロンで売る仕事を続けてた。どんな痛い目を食らっても、商売の勘どころを体に叩き込みたいっていう情熱だけは、不思議なほど枯れることがなかった。

「いかに大口でまとめて卸すか」をモットーに、繁華街の飲食店も、片っ端からしらみつぶしに回った。社給品の水色の作業着を着て、スニーカーの靴底を減らして、1軒1軒、地道に頭を下げて……、その繰り返し。

四国なんて、大学に入るまでは縁もゆかりもなかった。だけど、そうしてるうちに少しずつ顔が広がって、だんだん自分のホームタウンみたいな感じになってきた。気づくと携帯のアドレス帳は、取引先や得意先で何百件にも膨れ上がっている。

でも、それと引き換えに、僕のプライベートな部分は、目減りしていくような気もした。

大学時代の友だちとは疎遠になった。お互い社会人になれば、そりゃ時間を合わせて遊ぶことは難しくなる。仲が悪くなったわけではないのに、連絡をとることも自然と減った。

彼女もおらんし、知り合う機会もない。水の契約台帳がブ厚くなればなるほど、胸のどこかがスカスカしていった。

学生時代のような肩のこらない付き合いがなくなって、僕の心は行き場を求めてたのかもしれん。晩飯だけは、たいてい1人で食べるようになった。一日の仕事が終わると、上司からも同僚からも離れて、夜は誰ともつるまない。晩飯も、飲みにいくのも1人。気づくとそれが習慣になっていた。緊張を解いて素の自分に戻る、1人っきりの時間を持ちたかった。

ある晩、どこでメシを食おうかと足にまかせて繁華街をブラついてたら、大通りの端っこにある雑居ビルに、バーを見つけた。

そのビルには焼き鳥屋とかイタリアンパブとか、居酒屋のテナントがごちゃごちゃと入ってて、そのバーは6階にあった。3〜4人も座ればいっぱいになってしまうカウンターと、テーブル席が2つあるだけの、小さな店。窓のない玄関ドアが一見さんには壁になって、知らない人にとってはちょっと入りにくい、隠れ家的なバーだ。

仕事が終わると、僕は1人でそのバーに立ち寄った。

少し年上の男性オーナーとは、なぜか気が合った。バーテンもみんな20代で、僕と同世代。茶髪だったりロン毛だったり、一見ヤンチャそうなのに、話してみると全然構えたところのない、気持ちのいい人たちだった。

バーにはお酒だけじゃなく、食事のメニューも適度にそろってた。でも僕はそこに行くたび、必ずスープチャーハンを頼んだ。生活リズムも食生活も崩れていく一方だったけど、その店では決まって同じものを注文した。営業で失敗した日も、二日酔いで頭の痛い日も、夜になるとこのバーに戻ってきて、定番のスープチャーハンでペースをととのえる。そのあとはビールやウィスキーを喉に流し込んで、バーテンと気楽な話をしたり、店内で流しっぱなしにしてるカンフー映画を観たり、ソファの脇にあるギターをいじって遊んだり。

もう完全に常連だ。「行きつけ」を通り越して、毎晩閉店まで入り浸った。家に帰ったって、どうせワンルームの独房。部屋は狭いし、散らかってるし、ただ寝るだけ。だからその店は、僕にとって自宅以上にくつろげる第2のリビングみたいな居場所になった。

ある夏の晩。外回りがめずらしく早めに終わって、いつものように僕はバーに足を向けた。まだそんなに遅くない時間だったから、お客さんの数はまばら。バーテンが酒やツマミを手際よく作って、カウンターに座った僕の話し相手をしてくれた。

すこし夜が深くなって客足も増えてきたときのことだ。女の子3人と男の子1人の、4人組が入ってきた。テーブル席に座った4人は、それぞれビールやカクテルを注文したあと、いま話題のテレビドラマの話とか、恋愛の話とかで盛り上がってるようだった。聞き耳を立てるまでもなく、会話がところどころ耳に届いてくる。ときどき控えめな笑い声を立てては、4人の話は弾んでた。

僕は壁の時計を見るふりをして、カウンターからさりげなく振り向いた。キャミソールに白いカーディガンを羽織ったセミロングの女の子が、白い歯をこぼしてた。見たことのない子だ。あきらかに一見さんだった。

4人は学生時代からの仲のようで、3人は僕と同年代か、すこし下。セミロングの女の子だけ、ちょっと年上にみえた。年下の3人はよくしゃべって、少し落ち着いた雰囲気のあるセミロングの子は、ほとんど聞き役になっていた。

「ここ、初めて来たん?」

僕はかなりできあがっていたんだと思う。酔った勢いも手伝って、テーブル席に声をかけた。

誰この人? 4人の戸惑った表情が、そう言っていた。

それでもこの子たちは、独り飲みの僕を不憫に思ったのか、酔っぱらいの僕に席を空けてくれた。何を喋ったのかおぼえてないけど、話題のおもむくままに世間話をするうちに、おたがいに打ちとけて、酒も進んだ。

場がなごんだところで、僕は店のギターに手を伸ばした。

「一曲、聴いてくれん?」

すこし唐突だけど、ギターの弾き語りだ。といっても、その日の僕のいでたちはひどいもので、オトナの粋なムードとは、ほど遠かった。夏の汗がしみ込んだ、会社のロゴ入りのくたびれた水色の作業着に、営業で履き古したボロい靴。日中、炎天下を歩いたせいで、頭も蒸れて髪はボサボサ。カッコつけてた大学時代とは天と地の差がある、見苦しいザマだった。だから女の子たちも、「この人が？　歌えるの？」って、ちょっとうさんくさそうな顔をした。

でも、アマチュアとはいえ、僕はバンドのボーカルだ。人前で歌うことには慣れている。狭いバーの密度が一気に濃くなっていく。

セミロングの子の視線がまっすぐ僕に向けられてるのを感じながら、ギターの弦をゆっくりと押さえた。

歌ったのは、山崎まさよしの「One more time, One more chance」。せつない旋律で、歌詞も僕の気持ちに不思議と合ってて、好きな曲だった。

さえない見た目とのギャップが僕に味方をしてくれたのかもしれない。歌い終えて、後奏のギターの最後の一音が鳴りやむと、その場に居合わせたほかのお客さんまで一緒になって、ワーッて拍手をしてくれた。女の子たちは、かなり驚いたようで、僕の即席の生演奏を惜しみなく褒めてくれた。それが素直にうれしかった。

そのあとは女の子たちもグッとくだけて、音楽の話で盛り上がった。バーのオーナーも輪に入ってきて、ますます話に花が咲いた。

でも、セミロングの女の子はあんまりしゃべらなくて、ずっと聞き役。甘そうなカクテルを飲んで静かに笑ってたけど、どこか居心地が悪そうだった。しっとりしてて、バーの雰囲気に一番合ってる気がしたけど、場馴れしてないようにも見えた。

結局、セミロングの子とはほとんど話もできないまま、数時間で別れた。

でも僕は、近々ショッピングセンターでライブをすることが決まってたから、「よかったら聴きに来てくれん?」って誘ったんだ。

彼女はあいまいに笑って、はっきりとは答えなかった。これっきりでサヨナラなんて、さびしかった。

家に帰って、布団に寝っ転がりながら、お袋のことを思い浮かべた。お袋、そういえば家でよくレコードかけとったな。ビートルズの「HELLO, GOODBYE」とか。幼い僕はそれを聴いて、カッコええなぁって興奮したんだ。それでコーラスクラブに入ったんだっけ。

彼女、ライブに来てくれるやろか?

お袋、たのむ。

彼女ともう一度、会わせてくれ。

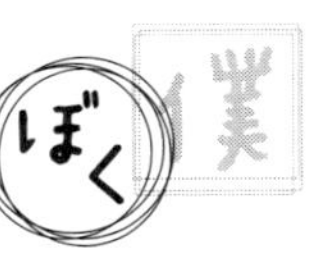

止まった時計と動き始めた時間

そのときキミはどうしていたの？

1年先輩の彼女にたずねられて、ぼくはひとりでに涙を流した。人前で泣くことなんて、もう忘れかけていた。

その日、泣き出したぼくを見て、彼女はそれ以上、何もたずねようとはしなかった。ただ口をつぐんで、ぼくが泣き止むのを待ってくれた。涙のダムが枯れて、胸の動悸が収まると、ぼくたちは黙ってまた、文化祭の準備をつづけた。

その翌日も、翌々日も、彼女はもう事件のことは、たずねてこなかった。

でも、それからぼくの学校生活は少しずつ変わっていった。

校舎の2階には少し開けたスペースがあって、青や緑のペンキで塗られた派手なカラーベンチが置かれていた。そこは、何となく生徒のたまり場になっていた。

生徒会で一緒に役員をやっているヤツや、同じ授業を受けているヤツが、そこに行くと、いつもひまそうに座っていた。

そいつらは時間が空くと、特に用があるというわけでもなく、ただベンチに集まってくる。コカコーラを飲みながら、とりとめのないおしゃべりをしたり、ニンテンドーDSのポケモンで遊んだり。2、3人でまったり過ごしているときもあれば、7、8人が集まって対戦バトルで白熱しているときもあった。

たいていはお金がないから、ベンチに腰かけて延々と無駄話。お小遣いが残っているときは、近くのミスタードーナツまでみんなで遠征した。そのなかには、彼女も混じっていた。

単位制の高校だから、学年もクラスもバラバラ。制服がないから、服装もそれぞれ。男子校だった前の学校と違って、共学だから女子もいた。カラーベンチは、いつも誰かの止まり木だった。目的のない、ゆっくりとしたひまな時間がそこには当たり前にあって、ひまを過ごすことが許されていた。

今度の高校のヤツらは、一度はレールから外れてこの学校に流れついている。だから、何というか人との距離感には敏感だった。付かず離れずの微妙な人間関係。男子校の「友だちか他人か」の二択の付き合い方よりも、こうやってベンチに集まっては散る、ゆるい距離感が、ぼくには居心地が良かった。

そして、もうひとつ変わったこと。

そのときキミはどうしていたの？

厚底ブーツの彼女に聞かれて、ぼくはぼくのことを話していいんだと、ようやく気がついたんだ。

ぼくは親父さんに迷惑をかけてはいけないと思っていたし、怜美と交わした秘密もあった。その秘密がぼくの胸に釘を打ちつけて、自分のことを人に話してはいけないと思っていた。でも、それは違っていた。

ぼくは自分の話をしてもいいし、それを聞いてくれる人がいる。そんなことは、今まで考えたこともないことだった。


そして、その安心がえられて初めて、ぼくは自分がとても傷ついていたことに気がついた。あの日、あの子に怜美が殺されてしまって、ぼくだって深く傷ついていたんだって。

自分が傷ついている――。

不思議なことに、それを知って、ぼくは少しだけ生きやすくなった。つらい記憶は、やはりつらいものとして受け止めていいのだし、逃げられるのであれば、逃げたいだけ逃げてもいいんだって。

仲良くなった友だちには、妹が殺されたことや、それが原因で転校してきたことを、それとなく話した。気の回る友だちが、また他の友だちにも、それを伝えてくれた。必要以上に広めるんじゃなくて、そのグループのなかで何となく知っていればいい、といった具合に。

だからといって、学校生活がまったく元通りになったとはいえなかった。

やはり、ぼくにはつらいことはつらかった。カラーベンチに集まる仲間たちと別れて、教室の椅子に座ると、ぼくは一人ぼっちになった気がした。1年の後期と2年の前期は、授業の単位を、ほとんど落としてしまった。一人になって空白の時間ができると、どうしても考え込んでしまう。それでまた、授業に出られなくなった。

それでも、ぼくが逃げ込む先は、もう保健室じゃなかった。ぼくの足が向かうのは、ただベンチが置いてあるだけの、名前のないあの場所。なじみの顔ぶれと過ごす、目的のない時間。たとえぼく一人で座っていても、いつも誰かがやってくる。どいつが来ても、授業に出なかったことを責めることもなく、ふだん通りの会話で笑う。

休みの日には、仲間と一緒に福岡の天神に遊びに出かけて、カラオケに行ったりもした。順番にマイクを握って、好きな歌を歌う。みんなでカラオケを歌うというのも初めての体験だった。夏休みには、JRの普通列車が乗り放題になる青春18きっぷを使って、一人で金沢を旅行した。

授業には出られないし、立ちなおったわけでもない。それでも少しずつぼくの時間は動きだしていた。

ぼくは自分の生活に精一杯だったけれど、時折、あぁ最近、花をあげていないな、と思うと、怜美のお墓に足を向けた。怜美は、おかあさんと一緒のお墓に眠っていた。

花屋で怜美の好きだったヒマワリの花を買い、スーパーで怜美がよく飲んでいたファンタを選んで、お墓にお供えした。「新しい学校に転校したよ」とか「英語が全然わからなくなった」とか、怜美とおかあさんに報告した。

ゆっくりとだけれど、ぼくの時間が動きだしていて、おかあさんと怜美の時間が止まったままであることが、ぼくはさびしかった。

エビマヨのことが好きな君のことが

バーで会ったセミロングの女の子に再会したのは、その数週間後のライブだった。

このあいだの友だちと連れ立った彼女は、僕を見つけると、はにかみながら手を振ってくれた。

来てくれたんや！

僕は心の底から、お袋に感謝した。

話をしてみたら、彼女は僕より2つ年上だった。保険の代理店で働いてて、両親と実家暮らしをしていた。昼間のショッピングセンターで会った彼女は、バーで会ったときよりも、ずっと健康的だった。ひかえめな印象はそのままだけど、夜の酒場より、晴れた空のほうがぴったり似合う子だった。

その日のライブ。観客席で、彼女が見ている。意識すると思わず喉が硬くなったけど、お客さんの受けは上々で、とりあえずほっとした。

ライブが終わると、僕らは一緒にショッピングセンターをぶらぶら歩いた。買い物してる女の子たちのお喋りや、家族連れのにぎやかな笑い声が、明るいBGMみたいに聞こえてくる。少し歩いたところで彼女は、「あっ!」って小さく声をあげて、「ここで待ってて」と花屋に消えてった。しばらくすると、ちっちゃな赤い花がいっぱい咲いた鉢植えを抱えて出てきて、ちょっと恥ずかしそうにプレゼントしてくれた。

「マジで?! ありがとう!」

こんなこと、僕の短い人生のなかでも、初めての経験だ。鉢植えにはメッセージカードが添えられてて、「素敵な歌をありがとうございました」って丁寧な字で書いてあった。驚いた。今まで味わったことのないうれしさが、体中の血管を駆けぬけていった。

連絡先を交換してもらうと、僕は別れて即、メールを送った。

「お礼に一緒にご飯に行かせてください」

日ごろの営業回りを、ここで役立たせんかったら男がすたる!

僕は、安いけど飛びきり美味しい居酒屋に彼女を誘った。そしたら、彼女は年上なのに、飲みの席になるとやっぱり真面目でおとなしかった。お行儀がよいというより、どちらかというと、緊張気味。昼の彼女とは全然違って、こういった場所に慣れてない感じだった。普段はあまりお酒も飲まないし、夜遊びもほとんどしないから、あのバーにも友だちにたまたま連れていかれたらしい。

でも、居酒屋でエビマヨを頼んだら、彼女が「わっ、すごくおいしい」って喜んだ。それが嬉しくて、僕は2皿目のエビマヨを追加した。そしたら、また彼女が「うん、やっぱりおいしい」って。僕はすぐに3皿目のエビマヨを注文した。彼女は目を見開いて、それから声をあげて笑ってくれた。その笑顔を見て、この店に世界中からエビを運んでくれって思った。

それからも時折、彼女は友だちとバーに来てくれたり、ライブに足を運んでくれたりした。僕は酔っぱらうと、バーのオーナーやライブ仲間に「あの子のことが頭から離れん」「ヤバイ、惚れてしまった」とか、わめき散らした。彼女が僕の好きな人。はばかりなく公言しては、酔いつぶれた。

その夜も、僕は彼女のいないところで、その思いを切々とこぼしてた。そしたら、「ベタ惚れやな。もう、今から告白してこいよ」

仲間たちが、たきつけてきた。呆れ半分、応援半分といった感じで。

たしかに、このまま胸に秘めてたって、気持ちは昂る(たかぶ)ばかり。彼女への思いに、自然鎮火はありえない。背中を押されて、気持ちが奮った。

時計を見たら、午後10時前。酒も飲んでない。今ならまだ間に合う！

僕は彼女の家の前までエルグランドを走らせた。インターホンは押さず、携帯で彼女を呼び出した。

彼女はすごく驚いてたけど、黙って玄関に出てきてくれた。

そのまま彼女を乗せて、少し車を走らせて川べりに止めた。2人きりの車内。勇気を振り絞って、助手席の彼女に話しかけた。

「僕、アンタのこと好きや。付き合うて」って。

突然の来訪に、突然の告白。彼女の目が点になるのは当たり前だ。

「まだ知り合ったばかりでしょ。お互いのことよくわからないじゃない」

それが彼女の返答だった。あっけない敗北。

そりゃ考えてみたら、誰だって引く。もしかしたらチャラい奴だと思われたのかもしれん。

「時間をかけて、ゆっくり進めていかない？」

彼女の声色はとても慎重で、とてもまじめだった。

「わかった。今日は帰る」

その日はひとまず退散した。でも、いちど着火してしまったら、炎はますます燃え盛る。

次の晩。

僕はまた彼女の家にエルグランドを走らせた。

「時間をかけてゆっくり1日たったけん、もういいでしょ。僕と付き合うてください」

彼女はすごく困った顔をしてたけど、こっちも諦めるわけにはいかん。僕の言葉はそのまま僕の本心だった。最初にバーで会ったときから、いきなり好きだった。会えば会うほど好きになった。

告白のような説得のような僕の粘りに根負けしたのか、戸惑いながらも彼女が出した答えは、OK。喜びが脳天を突き抜けた。

それからは、僕と彼女の関係が急展開した。親元で生活してる彼女は、ちょうど家を出ようと考えてるところだった。でも今の給料では、敷金礼金を払って、家賃も払い続けて自立できるのか、躊躇しているという。

「ちょうどいいやん。そんなら僕のウチに来たら」

僕に一切の迷いはなかった。

ことわっておくけど、彼女の不安に乗じて早々と同棲へと持ち込もうとしたわけじゃない。彼女が悩んでて、2人で暮らして生活費を折半すれば、その悩みを軽くしてあげられるって思ったからだ。そんなわけで、彼女との共同生活が始まることになった。

まず最初に、僕らは一緒に暮らすためのルールをつくった。家賃も電気代も水道代も食費も、すべて6対4。生活費の6割を僕が払って、残りの4割を彼女が負担する。

敷金礼金が浮いた彼女にとっても、それはもしかしたら好条件だったかもしれない。でも僕にとっては、その何倍も、いや何十倍も上回る恵みをもたらした。だって彼女と一緒に住み始めたら、気づいたんだ。僕がこれまでいかにロクでもない生活をしてたかって。

それまでは、給料をもらえばもらっただけ、僕はお金を使ってた。日付が変わるまで毎晩飲み歩いてたし、懲りもせずパチンコですったりしてた。カネなんて、目の前を通り過ぎて吐きださされるだけ。家だって、ただ寝るための穴ぐら。部屋はCDや雑誌の山が雪崩を起こしてて、Tシャツやパンツなんかの洗濯物がその上に積み重なって、新たな山ができてた。

そんな僕の住み処に彼女が暮らしはじめた。僕なんて貯金ゼロのスッカラカンなのに、堅実な彼女はしっかりお金を貯めていた。残高は100万円を超えてた。財布のヒモが固い倹約家の彼女は、無駄遣いは一切しなかった。敷金とか礼金とか、お金のことをいろいろ心配してたのに、経済観念は、僕よりずっと自立していた。

彼女は、僕が頼んだわけでもないのに、当たり前のように、朝も夜もご飯をつくった。朝はなんと味噌汁がよそわれて、夜には僕の好きな肉料理がテーブルに並ぶ。洗濯や、部屋の掃除もしてくれて、何もかもがさりげなくて自然。彼女は地に足がついていた。僕はそんなつもりで彼女を家に引き込んだわけじゃなかったから、逆に戸惑った。

彼女が僕にしてくれる、たくさんのこと。それは僕が18のときに捨ててきたものを思い出させた。

お袋が亡くなって、御手洗家のいろんなことが一気にのしかかってきて、僕はとにかくいたたまれずに、実家を飛び出した。「家庭」らしいものなんて鬱陶しいだけじゃや、とばかりに背を向けて。でも、彼女と一緒にいたら、あのとき逃げ出した「生活」ってものが、まるでブーメランのように僕の手元に戻ってきた。

家事全般をまったく厭わない彼女は、力みがなくて、僕に対しても、とても正直だった。僕が高校時代に「重い」って疎ましく思ってたことが、「温かい」に変わって感じられた。

彼女と暮らすこの部屋が、はじめて僕の居場所になっていた。


そう気づいたとき、決めた。

「あの日」の話を彼女にしようって。

さっちゃんが殺された事件のこと。「あの日」のことを、僕は心のずっと奥の方に封じ込めてきた。開かないように、がちがちに何重にもくるんで完全密封してきた。

でも、彼女には打ち明けようって、自然に思えたんだ。

彼女に同情してほしいとかじゃない。ただ、ありのままの事実を知ってもらえればいい。僕にはそれで十分だった。

「あの日」のことを話すと、彼女は驚いていた。

「いつも明るい人だから、全然わからなかった」って。

「そんな大変な目に遭ったなんて、何も感じさせないね」って。

彼女はたやすい共感も、僕を憐れむリアクションもしなかった。その話をしたあとも、普段と変わらなかった。普段と変わらず、淡々と僕を支えてくれた。たぶん、僕を支えているなんて、ちっとも意識をせずに。

ある遅い晩。仕事から帰ってきたら、彼女が布団で静かに寝息をたてていた。
この子はどこにも行かんのやな。
僕はこれまで一人で突っぱって生きてきたけど、もう一人では居られんのやな。
この子とはずっと一緒にいる気がする。そう思った。

東京ディズニーランドふたたび

厚底ブーツの彼女とは、文化祭が終わったあとも、そのまま仲の良い先輩と後輩の関係が続いた。時間が空くと、ベンチの仲間と一緒にけっこう遊んでいた。

学校は携帯OKだったから、ぼくは親父さんにガラケーを買ってもらった。彼女ともメアドを交換して、学校のこととか、好きなマンガやゲームのことをメールしあった。ちょうど携帯専用の絵文字のバリエーションが増えてきたころだけれど、あえて半角カナを組み合わせてオリジナルのヘンテコな顔文字をつくって、2人して笑うこともあった。

彼女はいつも率直に自分の意見を言う子で、ぼくが変なことを書くと、「それは違うんじゃない？」ってはっきりと意思表示をした。

ぼくが高校3年生になると、彼女は福岡を離れて短大に進学した。それで関係はぷっつりと切れてしまうのかな？　と思っていたけれど、そうでもなかった。

ぼくと彼女をつないだのは、ガラケーだった。午後9時過ぎ。週3回ぐらいのペースで、ぼくは彼女と電話した。メールじゃなくて、今度は通話だ。

彼女は短大の授業が終わった後、ドコモのキャンペーンのバイトとかをしていた。彼女が下宿していた家は、利用客の少ない田舎の駅にあった。しかも、駅から家までは外灯がなくて、人通りも少ない。暗い夜道を女の子一人で帰るのは、気が強そうな彼女にとっても、やっぱり怖いようだった。

それで、駅から家までの帰り道、携帯で話しながら歩くのがお決まりになった。

午後9時過ぎ。彼女から電話がかかってくる。それは長くは鳴らなくて、いつも、ぼくが出る前に切れた。

着信に気づいても、別の用事をしていれば、出なくてすむ。それは彼女なりの気遣いなのかもしれなかった。

それでもぼくは、その時間はたいてい家に一人でいるだけだった。「着信あり」に気づいて開いた液晶画面に、彼女の名前が表示されると、うれしくてすぐに折り返した。電話がつながると、彼女の声もはずんだ気がした。

電話は駅から彼女の家までの30分ちょっと。たいていは彼女がしゃべり続けて、ぼくは聞き役。彼女が通っている短大の話が中心だった。

「観光を勉強するクラスを取ったら、別府の温泉巡りをしたよ」とか、「裁縫を習うみたいなアナログな授業の後に、パソコンのプログラミングを学ぶデジタルな授業があってね」とか、「大学の友だちにこんな面白い子がいるの」とか。

駅から家までのわずかなひととき。時間限定のホットライン。彼女が福岡を離れて、もうあのベンチで会うことはなくて、声だけの彼女になってしまったけれど、それでも週に3回、2人きりの時間を重ねることで、彼女との精神的な距離はぐっと縮まっていた気がする。もちろん、いつもくだらない話をする先輩と後輩という関係には変わりなかったけれど。

けれど、やっぱり、ぼくは彼女のことが気になっていたんだと思う。ぼくは何とか単位をギリギリで取得して高校を卒業し、大学にも滑りこんだ。

「ぼくと付き合って。ぼくと一緒にいて」

大学に入学してからしばらくして、ぼくは彼女に告白した。

それは、ぼくが他人にはじめてしたお願いごとだった。

ぼくはあいかわらず立ち直れていなくて、弱い人間だった。不安をずっと抱え続けていた。それはおそらく彼女もはっきりわかっていたと思うのだけれど、意外なことに、彼女は受け入れてくれた。

女の子と付き合う。

怜美とも仲が良かったし、おかあさん子だったし、親父さんは長い間そばにいなかったし、ママさんも含めてぼくは女系家族で育ったと思う。でも、それは、ぼくにとって特別なできごとだった。

彼女とデートをするときは、まず男友だちとは入らない、でもそれほど値段が張らないレストランに入って、トマトのパスタやたっぷりとチーズがのったピザを食べた。それから、繁華街に流れてデパートで彼女の買い物に付き合った。洋服やバッグ、靴にアクセサリー、それにコスメまで……。ゆっくりと時間をかけて、万華鏡の内側みたいなデパートの1階をぐるぐる回った。明るくて透明なライトがいろんな角度からあてられていて、フロアには香水の華やかなにおいが広がっていた。

2人ともお金があるわけではないから、たいがいはウィンドーショッピングだったけれど、親父さんや男友だちとの付き合いとはまるで違う世界だった。行ったことのない場所にたくさん出かけた。

時折、彼女が洋服を試着して「どう思う?」ってたずねてくることもあった。ぼくにはその洋服が似合っているのかどうかも、よくわからなかった。彼女はぼくの答えに期待なんかしているようには思えなかった。むしろそれは、彼女自身の気持ちを、ぼくが理解しているかを推しはかるゲームのようだった。

ウィンドーショッピングに疲れると、ぼくたちはスターバックスに入った。ぼくはシンプルに

「本日のコーヒー」をブラックで頼むのだけれど、彼女はスタバのことを「生クリーム屋さん」と呼んでいて、ホイップクリームがのった甘いコーヒーを飲んだ。カップを両手で支えながら、長い間、他愛もない話をした。

その後は、本屋をのぞいたり、映画を観たり。

そう、彼女と付き合って、ぼくは東京ディズニーランドにも行ったんだ。

ディズニーランドに行ったのは、おかあさんと怜美と親父さん、そして兄貴とママさんとで行った最後の家族旅行以来だ。まだ家族全員で一緒に暮らしていて、ぼくたちが何も知らなかった、あのころ――。

彼女と2人でゲートをくぐって入園したとたん、あぁ懐かしいな、って思った。10年以上ぶりだけれど、そんなに大きく変わっていなかったから。

親父さんと怜美と3人で入ったホーンテッドマンションもあったし、おかあさんと2人で乗ったビッグサンダーマウンテンもあった。

今度は彼女と一緒にホーンテッドマンションを怖がって、ビッグサンダーマウンテンの爽快感を味わった。

あのころ一緒に旅行したおかあさんも、怜美も、今はいない。

でも、ぼくはもう、ひとりではなかった。

そのときに、思ったんだ。おかあさんと怜美と一緒に来たときと同じぐらい、今ぼく楽しいなって。

ぼくは今まで生きてきた人生とは違った角度から、あたらしいぼくを見つけたような気がした。

ヒガイシャ失格。少女Aなんて知らんわ

僕（ぼく）

2004年6月1日。さっちゃんが殺された「あの日」から、僕はずっとさっちゃんのこと、事件のことを考えずに、まっしぐらに走ってきた。

でも、一緒に暮らし始めたセミロングの彼女にだけは、そのことを話した。そしたら、わりに冷静に受け止めてくれた。

それだけ事件から時間が経ったということなのかもしれない。

さっちゃんを殺した11歳の女の子。

同級生で、友だちで、カッターナイフでさっちゃんの首を切った子。

いったい、どんな子なんだろう。何でそんなことしたんだろう。事件直後は気になったけど、大学に戻ってからは、もう僕は、その子への興味を断ち切った。そして、その状態が今も続いている。

もし、彼女が反省していなかったら。

もし、彼女が再び罪を犯してしまったら。

もし、彼女がまた誰かに手をかけてしまったら。

彼女は刑罰を受けないまま、20歳になる前に施設を出たと聞いた。もしかしたら、こうした不安が現実のものとなって、僕ら御手洗家が、再び彼女の厳しい姿に向き合わされる可能性だってある。あるどころか、その懸念は、これから先も、ずっとあり続ける。


もう、どっちでもいいや。

それが、僕の率直な思いだ。だって、もう僕には関係ない話だから。

何がどうなったって、「さっちゃんが殺された」という事実は、もう動かないから。

佐世保から大学に戻ったとき。あのとき、そこで、僕はこの事件を一度終わらせた。もう根掘り葉掘り調べてもしかたがないって。そこに固執しても新しいことが始まらんって。

彼女が更生してどうなる。彼女が死んでどうなる。あるいは彼女が再犯したら。

僕にはもう、どうでもいい話だった。

だって、そうだろう。それを知って、僕がどうなる？　何も前に進みはしない。それよりも、自分の親父や、弟や、僕の彼女や友だちを大切にすることの方が、ずっと大事なことのはずだから。そっちの方が、僕が最優先に考えるべきことだから。

それって、遺族が事件を容認してることにつながるんじゃないか。むしろ遺族として無責任じゃないか。世の中の人は、そういう風に僕を非難するだろうか。

「知らんがな」

そんな風に世間に怒られたら、僕は世間を突き放すしかない。

僕が考えることが、間違っているというヤツがいても、正しいというヤツがいても、そんなのどっちだっていいんだ。それで被害者失格っていうんなら、勝手に言ってくれ。僕は、正しいことをしたいわけでも、間違ったことをしたいわけでもない。

こう言ったらなんだけれど、さっちゃんは12歳の若さで亡くなってしまったけど、僕だってやっぱり若い。それなりに将来だってある。

悲しさが消えるわけはないけど、加害者の今をさぐったり、想像したり、それをもとに恨んだり、あるいは世間の流れに合わせて少年法の話うんぬんで活動したり、それ以外の方法で加害者を責めつづけたりしていたら、僕の幸せは必ず逃げていく。

それはヘタをしたら、僕の周りの人たちさえも巻きこんで、不幸にしていきかねない。

そんな人生、僕は嫌だ。

もちろん、それは親父や弟の思いとは違うかもしれない。

親父にとって、さっちゃんはたった一人の娘だし、親父の人生そのものだったはずだから。

家族そろって東京ディズニーランドに行ったこと。将棋を指したこと。一緒にご飯を食べたこと。小さくてささいな生活の何から何までが、忘れられない、得がたい記憶になっている。さっちゃんが死んでからずいぶん経った今だって、親父は夜中に急に叫び出したい気持ちになることがあるかもしれん。

父と娘。兄と妹。関係が違えば、おなじ思い出だって、受け取り方や深さが変わってくる。男親にとって娘の思い出って、きっとかけがえのない宝物のはずだから。

お袋を亡くして、さっちゃんが殺されて、親父にとって、これからの人生を何のために生きるのかっていうところが、薄くなってしまうかもしれない。だから、ひょっとしたら、息子の僕が何かの拍子で暴走したり、借金したり、迷惑をかけていたほうが、親父にとってマシなんじゃないかって、虫のいいことも考えてしまうぐらいだ。

弟の場合だって、そうだ。

弟は、佐世保での家族生活があって、その日常のなかで、「あの子」とすれちがっていた。しかも、アイツはさっちゃんと年も近くて、一卵性双生児みたいなところもあった。

ずいぶん後になって知ったことだけど、アイツはさっちゃんから相談も受けて、さっちゃんと彼女のいきさつも知ってたみたいだから、それはショックだろうし、加害者を知っていただけに、その関係は切っても切れないものにならざるをえなかったと思う。だから、加害者に気持ちが向き続ける弟みたいな関係性もわかる。

でも、佐世保に住んだこともない僕からしたら、あの子はまったく知らない子。名前だって、事件当時に誰かに教えてもらったけど、今は「たしか○○だったよな？」ぐらいにおぼろげだ。あのころ写真も見せられたけど、もう今は顔が思い出せない。

そもそも新聞にだって名前が出ないから、僕にとって彼女は初めから匿名の「少女A」なんだ。名前も顔もない加害者。

そんな少女Aに、僕の人生を振り回されたくない。少女Aの行く末なんて、国とか世の中が考えればいいやん。それが僕の正直な思いだ。それに、今の彼女がどうあろうと、さっちゃんは帰ってこないという事実は変わらない。

だから僕は、少女Aに償いをしてもらいたいとも、更生して立派なオトナになってもらいたいとも思わない。だって、それはもう僕の人生とは切り離された話だから。

さっちゃんが亡くなってから10年が過ぎて、当時、佐世保支局にいた記者が事件のことをまとめた本を書いた。それを読んで、僕が知らなかった事件のいきさつや、親父や弟の思いをようやく知った。ちょっと自分のなかで気持ちの整理がついた。ふーん、そうだったのかって。自分が犯罪被害者の遺族だっていう感覚が日々薄れていくなかで、それだけわかれば僕はもう、十分だった。

だって、この事件を追いかけていたら、僕の人生が積み上がっていかないから。

さっちゃんとお袋の死を、ただの「死」、ただの「殺人事件」にしない。このことで自分の人生を狂わせてはいけない責任が、僕にはあるから。

僕のこれからの人生に、加害者の「少女A」は無縁の存在だ。だから、会いたいという気持ちも、僕にはまったくないんだ。

忘却の恩寵のなかで

怜美がいなくなってから、10年以上が過ぎた。怜美も生きていれば、とっくに成人して、立派な大人になっているはずだ。

怜美の小学校の同級生とぼくは、Facebook で今でも何人か〝友だち〟としてつながっている。直接連絡を取ることはないけれど、薄い関係は途切れていない。

自己紹介を兼ねたプロフィール写真をのぞくと、茶髪だったり、コギャルみたいだったり、流行りのメイクをして、アプリでいろんな編集をしている子もいる。そこにはもう12歳の面影なんてない。女の子なんて呼ぶのが失礼なぐらい立派な女性になっている。

でも、ぼくや兄貴、そして親父さんのなかの怜美は、いつまでもランドセルを背負った小学生。Facebook の存在なんて知らないまま、12歳のままで時計が止まっている。

怜美を殺した「あの子」は、少年審判を終えてから、児童自立支援施設という施設で暮らした。

そこは刑務所でも、少年院でもない。「子どもはたとえ加害者であっても、社会の被害者」という考えのもとに、国が20歳以下の子どもたちを預かる施設だと教わった。

あの子は施設のなかで小学校を卒業し、中学校も卒業した。その後のことは知らない。ただ、あの子ももう20歳を過ぎて成人したのだから、施設はとっくに出て社会に戻っている。ぼくと同じ世の中で今を生きているということだ。そう、この社会の、どこかで。

そして、Facebookでつながる同級生の子たちのように、あの子さえも、もうあのころの面影を残していないのだろう。


昼さがりの小学校の教室で、怜美の首をカッターで何度も切りつけた11歳のあの子は、どうすれば人が死ぬのかを知っていた。それなのに逃げもしないで、警察に補導された。怜美を殺す綿密な計画を立てていたのに、その後のことは、まったくの考えなしだった。人の死の重みなんて、まるでわかっていない。どうしようもなく幼稚な子どもだったとしか言いようがない。

だから、ぼくは、幼かったあの子に怒りをぶつけることが難しかった。

国はそんな彼女を「育て直す」っていう立場みたいだ。だから刑罰も与えず、少年院にも入れずに、あの子を保護する施設で育てた。それなら、国があの子を更生させて、きちんと社会復帰させるというのは、未成年だったあの子をそう取り扱う国の、被害者に対しての約束だと思う。

でも、施設に入った後のあの子がどう生きたかは、被害者の兄であるぼくには知らされていない。もし、再びあの子が過ちを起こしたら、と思うとぼくは胸が苦しくなる。

それでも、ぼくはあの子をどこかにずっと閉じ込めておくのがいいとは思わない。あの子には、社会に戻って、就職したり、結婚したり、普通の生活をしてもらいたい。人並みに普通に生きてほしい。あの子のためというよりも、むしろぼくがこれから平穏に暮らしていくために。

事件が起きて、ぼくは2度目の高校でも苦労をした。卒業までに4年もかかった。それでも何とか大学に進んで、少し時間をかけてしまったけれど、今はようやく就職も決まったところだ。被害者が人並みに暮らすことが、どれだけ大変なことなのか。当事者になって、それがよくわかる。


苦しさから抜け出せなかった20歳のとき、ぼくは新聞記者のインタビューを受けた。佐世保支局時代に、親父さんの下で働いていた若い記者。結局、それまでぼくは、だれにも事件のことを深く話したことがなかった。ぼくの話なんて、だれも聞いてこない。そう思い込んでいた。

そんな話を何度かしたら、その記者はずいぶんと驚いていた。ぼくは記者に、あの子に対する正直な気持ちを話した。謝罪をしにくるなら拒まないし、「普通に生きてほしい」と思ってることも伝えた。そのインタビューが収録された本（『謝るなら、いつでもおいで』）を読んでくれた人は、ぼくのことを「やさしい人」って思ってくれているみたいだ。けれど、それは少し違うような気がする。だって、それは許すこととイコールではないから。

普通に生きる。

それって、ものすごく厳しい言葉だとぼくは思っている。だって、あの子はあんな事件を起こしてしまっているし、家族のもとには戻れないし、一生その十字架を背負って生きていかなければいけない。しかたのないことではあるけれど、過酷なその後を生き抜いていかなければいけない。

それは、とても大変なことだ。とても普通ではないことだ。だから、「普通に生きてほしい」っていうのは、許しの言葉とは違う。普通に生きる、っていうのは、「しっかり生きろ」、「そこから逃げ出すな」っていうぼくのメッセージだ。

それは、下手をすれば、現実離れしている話なのかもしれない。

でも、あの子が逃げることを、ぼくは許しはしない。


ぼく自身は、今も立ち直っているか、と言われればわからない。ぼくが本当の意味で、もとの生活に戻るというのは、事件前の状態しかありえない。でも、怜美が死んでしまった以上、そこに戻ることは絶対にない。だから、もしかしたら、ぼくは一生立ち直ることはないのかもしれない。

起きてしまったことは、間違いなく理不尽。理不尽は理不尽のまま、今もここにある。でも、理不尽だけど、あまり、その理不尽に振り回され続けるのも、ぼく自身がきつい。

ある程度、事件の前に戻れるように努力をしながら、きつい部分を抱えながらも、折り合いをつけて生きていくしかない。事件そのものにはとらわれ過ぎないようになったけれど、それこそ怜美の命日に墓に行けば、毎回思い出すわけだから。

＊　＊　＊

ただ、昔に比べると、ぼくには周りに支えてくれる人が増えたような気がする。佐世保のときにいた記者とも、その後、なぜか仲が良くなったし、何よりも、ひとつ先輩の彼女と付き合ったことが大きかった。

彼女は、事件のことでぼくに深入りすることはなかった。でも、ぼくのことをずっと気に掛けてくれている。そして、ぼくが考えていたのとは別の形で、ぼくの世界を広げてくれた。


そのときキミはどうしていたの？

その言葉がぼくの心を溶かしたのは、ぼくが事件のなかで置かれている立場みたいなものを気づかせてくれたからだと、今ならわかる。

怜美が悩んでいることを地味にいろいろ知っていたぼくは、自分は事件を防げなかった人間だと思い込んでいた。何もできなかったというかたちで、ぼくも事件の加担者だという風に。

でも、事件を防げなかったけれど、ぼくだって被害者だった。怜美が殺されて、悲しかったし、くやしかった。その思いをずっと外に出さずに、我慢しつづけていた。

でも、彼女に「キミはどうしていたの?」ってたずねられて、ぼくの我慢の留め金が外れた。いろんな思いを素直にさらけ出したっていいんだ、ってことがようやくわかった。「キミ自身の、ミタライ君の話を聞かせて」。それは、ぼくにとってはひとつの救いでもあった。


結局、いまだに彼女に話の続きはしていない。でも、彼女ならぼくの話を聞いてくれるっていう絶対的な安心感がある。たとえ、ぼくがつまずいたとしても、きっと。


たぶん、ぼくが彼女と付き合いをはじめたのは、彼女が優しいからじゃない。

ぼくは今でも弱い人間だ。いつ、どういう形で、また崩れてしまうかわからない。それが、ぼくはとても怖い。もしかしたら、怯えている、といってもいいかもしれない。

そのときに、彼女はきっとぼくの話を聞いてくれる。でも、だからって彼女はぼくを甘やかしはしないんだろうと思う。もし、ぼくにとって必要なのであれば、彼女はぼくを容赦なく突き放す気がする。ぼくの話を聞いてくれて、ぼくがキツい状態であることがわかって、なおかつそれじゃダメだって、きちんと。

誰かを好きになることは、誰かに迷惑をかけることでもある。それでも、そういう負荷をかけなければ、人生って前に進まないのかもしれない。そのときに、彼女の誠実な厳しさは、ぼくを助ける糸口になる気がする。

他人に迷惑ばかりかけながら突っ走っている兄貴は、自然とそれがわかっていたのかもしれない。ぼくは彼女と付き合って、ようやくそのことに気づけた。


たぶん、ぼくがずっと一人だったら、そんな思いにはたどりつけなかった。事件のことって、やっぱり家族、親父さんや兄貴にも、なかなか話しにくい。家族だからこそ話せないことって、あるし。

だからこそ、家族とは関係のないだれかが、ちょっとでも気に掛けてくれることが、ぼくには大きな救いだった。家族はいつも、ぼくの人生を横で一緒に走ってくれる伴走者だけれど、こんな事件に遭ったら、出口（ゴール）のない迷路みたいなレースの沿道側（がわ）から、強引にでも腕を引っぱって抜け出させてくれるだれかがぼくには必要だった。こっちにおいで、コースアウトしても大丈夫だから、って。

家族ではない、ほかのだれかがそばにいてくれる。だれかがぼくのことを知っていて、ぼくのことをわかってくれる。それが、どれほど心強いことなのか、ぼくは初めて知った。

事件が起きてから、ぼくは弱くなった。でも、弱いことは必ずしも悪いことじゃなくて、ぼくはその弱さを認めることで彼女とつながった。ぼくは彼女を失いたくない、って強く思うんだ。

これからも、ぼくはつまずいたり、転んだりするだろう。でも、この後のことは、もう秘密だ。うん、今度の秘密は、とっても明るい秘密。それは、もうぼくがこれからの人生を歩んでいくということだから。

もちろん、怜美のことを忘れはしない。

でも、その思い出し方も少しずつ変わってきたような気がする。

ちょっと矛盾するようだけれど、ぼくは最近、怜美のことを少しずつ忘れていってるんだ。

高校生のころ。ぼくは自分が事件の加担者だって思いにとらわれていた。怜美のことを反射的に思い出すことがしょっちゅうあって、それはとても暗いイメージだった。

それが、このごろはそういう感じで怜美のことを思い出すことがなくなった。あの事件でぼく自身も傷ついているのだと知って、ぼくはつらい思い出にとらわれることが少なくなった。

怜美のことを思い出すのは、ふとした瞬間だ。

北海道に旅行に行って、「ロイズのチョコレート、アイツ好きだろうな」とか、墓参りに向かう途中で「柑橘系のジュースが好きだったから、酎ハイを持っていってやろうかな」とか。昔の明るい怜美のイメージが、ぼくの心によみがえってきた気がする。日々の生活のなかで笑って思い出せるようになってきた。

事件にからんだ怜美のことを思い出さなくなって、そのうちに怜美と一緒に遊んだ子どものころの記憶もだんだん薄らいでいった。細かい思い出が、最近はどんどん抜け落ちていく。

今、ぼくは自分のことに手一杯になっている。いろんなことが解決したわけではないのだけれど、少しずつ解き放たれて、自分のこれからのことに気持ちが向かっている。


そうそう、「怜美の後追い自殺をするんじゃないか」ってぼくが心配したぐらい、あんなに頼りなかった親父さん。

親父さんも、あれからずいぶんと立ち直った。今は月に一度、居酒屋で一緒に酒を酌み交わす。もちろん事件の話なんてしない。ニラ玉炒めとか焼き鳥なんかを肴にして、ビールを飲んだり、焼酎を注いだり注がれたり。親父さんは仕事の愚痴をこぼしたり、最近読んだ小説や、話題のドラマの話とかを、ぼくに楽しそうにしている。

もうすぐ親父さん、会社を退職するんだ。定年退職。事件があった後も、新聞記者なんて因果な稼業をやめることなく、親父さんは仕事を勤め上げた。

怜美が殺されてから、親父さんは事件原稿なんて、いっさい書けなくなった。

どちらかというと地味な地方版のデスクを10年以上続けながら、男手ひとつでぼくと兄貴を育ててくれた。きっとぼくなんかより、ずっとたくさんの夢をあきらめたんじゃないかって思う。

それって、今考えると、なかなか大変なことだ。

親父さんが死ぬんじゃないかと心配したり、進学先をめぐってけんかしたり、ぼくと親父さんとの間には、いろんなことがあった。けれど、考えたら、ぼくは親父さんのことを一度も恨んだことがない。

何もいわれなくても、やっぱり親父さんが子ども思いであることは伝わっていて、いつか、ぼくも親父さんみたいになれればいいな、って思うんだ。

幸せはじまる僕の物語

就職して4年が過ぎた26歳の夏。僕は会社を辞めて独立した。自分で商売人になる。販売業で小さな会社を立ち上げて、その夢を実現したんだ。

今度はサギ師にだまされたわけではなくて、会社勤めをしながら、少しずつ準備を進めていった話。4年間働いて地元での人間関係がつながってきたし、営業でも実績を積んで、自信も出てきた。

やっぱり自分で会社を立ち上げたら面白い！

羽振りがいいわけではないけど、少しずつ販路が広がって、売上も伸びている。事件とはまったく関係ない世界が広がっていくのは、とても楽しい。

もちろん、今みたいに地方に活気がない時代に、会社なんて始めて大丈夫か？　そういう心配の声があがるのはわかってる。もしかしたら、うまく立ち行かなくて店をたたむことだってあるかもしれない。だけど、一歩目を踏み出さなければ、僕の人生は始まらない。

それに、僕からしたら、そんな心配ごとは「大したこと」の範疇じゃないんだ。お袋を亡くして、さっちゃんを事件で殺されて、僕は変わった。パチンコをやりすぎてスカンピンになっても、車を横転させて高速道路をストップさせても、サギ師に金をごっそりだまし取られても、彼女たちが受けた痛みに比べたら、かすり傷だ。僕自身だって、自分の人格さえ奪われるほどの被害をこうむったわけじゃない。

たしかに、僕の人生はハタから見たら、いい加減で、危なっかしいかもしれない。僕だって、その場面、場面、瞬間、瞬間で「しんどいな」って思うことはある。でも、それはだれにだってありうることだし、腹がすわってしまえば、耐えられないほどの痛みではない。

この先、何があってもへっちゃらだ。

僕はそう開き直っている。何でも来いって、ふてぶてしく。だってそうだろう、僕は最悪を知ってる。理不尽を知ってる。そう、さっちゃんが殺されてから、僕は強くなったんだ。

さっちゃんが殺された日。あの日を境に、僕は決めたんだ。

さっちゃんやお袋が生きられなかった分まで、人生を謳歌しよう。

さっちゃんやお袋が、びっくりして、喜ぶぐらいに、幸せになろうって。

それはお袋が病気だったときに「オトナになるのなんていやじゃ！」って無我夢中で暴れたと

きの逃げとは違う。2人分の人生を、僕が背負って生きようっていう決意だったんだ。それはもしかしたら、僕が「オトナになる」ってことだったのかもしれない。


あたらしく会社を始める1年前。僕は親父に電話をかけた。

「9月の大安に籍を入れるよ」

同棲してたセミロングの彼女と、家庭を持つことを決めたんだ。結婚して僕は幸せになるけど、一緒に親父も、弟も、ハッピーになってほしいって。

僕、あの事件が起きてから、悲しいとか、悔しいとか、感じるヒマがないままに、アクセル踏みっぱなしでこれまでの人生を生きてきたんだと思う。そのことに今ごろになって気がついた。

そして、それが少しずつ良い方向へ回転しはじめたことにも。

入籍したのは、9月17日。クイナシって、笑っちゃうぐらい親父ギャグな日。

結婚式の日、にぎやかな式場で真っ白なウェディングドレスを着た奥さんをみて、弟は喜んでくれたけど、ネガティブな親父は喜びながらも「これで俺が幸せって思っていいのかな」と、ちょっとウジウジしてたらしい。

でも、それから2年後。今度は僕と奥さんのあいだに子どもができたんだ。それも、かわいい女の子。親父にとっての初孫だ。娘を抱きながら、そのとき親父は「初めて俺、幸せだ、幸せになっていいんだな」って素直に思えたらしい。その話を聞いたとき、ちょっとぐっときた。僕が、僕の娘が、親父を少しは幸せな気持ちにさせられたんだなって。

今は親父は手放しで喜んでる。弟も姪っ子ができて、「今度はどんなおもちゃを買ってあげようかな」なんて迷ってる。

子どもが生まれて僕自身だって変わった。子どもってホントに小さくて、か弱くて、誰かの助けを借りんと、一人じゃ何もできん。夜泣きをすれば「えっ、何で?!」って心配になるし、咳で苦しそうにしてると、それだけで死ぬんじゃないかってドキドキする。

子どもが生まれて僕は、「この子のためにオトナにならないかん」って思えたんだ、すごく自然に。

高校生のころ、オトナになんかなりたくないって突っぱねてたときは、オトナが何なのか、よくわかってなかった。でも、今こうして「親」になってみて感じるのは、オトナっていうのは子ども時代に別れを告げるんじゃなくて、だれかのために、オトナの役割も引き受けるってことなんだろうな。

だれかのために、オトナになる。大変だけど、悪くない。

もしかしたら、親父もお袋も、そうやってオトナになっていったのかもしれないな。

新しい家族ができて、あの事件のときには、とても想像もできなかった、それぞれの人生がきっと始まってる。人って、時間がずいぶんと経ってから、思ってもみなかった形で、救われることがあるんだ。

幸せ。

僕と弟と親父が、これからずっと幸せでいられるか。そんなことは難しくてわからない。ここまで流れ着くまでの代償を考えたら、その重さはとんでもなく重い。生半可なことで、幸せなんてつかめないのかもしれない。

でも、新しい仕事を始めて、親父や弟と家族そろっているところに、奥さんや娘と新しい家庭をつくって、僕の人生は今、充実している。幸せってきっと、名もない1日に詰まってる。家庭や家族が人生のすべてではないけれど、心休まる場所があるってのは、幸せの条件のような気がする。

娘にまつわることで、ちょっとした後日談がある。

奥さんが妊娠してたころ、大村のママさんが自宅で倒れたんだ。ママさんも、もうずいぶん年を取って、そのころは大村の自宅で一人暮らしをしてたんだけど、ある日、ずっと部屋の電気がついたままだし、新聞もたまっていたんで、地元の民生委員の人が心配して僕に電話をかけてきた。

民生委員が警察と一緒にガラス窓を割って入ったら、ママさんが倒れていた。脳梗塞だった。

一命をとりとめたけど、即入院。寝たきりになったし、意識はあるけど、言葉が口に出せなくなった。

それで僕、妊娠中の奥さんに「大村で看病してあげて」って頼んだんだ。たまたま大村に評判の良い産婦人科もあったから、奥さんの健康面を心配しなくてよかったのが、ラッキーだった。

ママさんは、おなかの大きくなった僕の奥さんをみて「生まれてくる子どもの顔がみたい」ってリハビリをがんばった。

それで生まれたのが、ママさんにとってはひ孫の女の子。今は高齢化社会なんだろうけど、ひ孫の誕生を喜べる人って、そうそういない。ママさんも急に生きるためのハリが出てきたみたいで、身体も急激に動かせるようになって、言葉もしゃべれるようになった。それで、これが、ひ孫とのツーショットの写真。ママさん、うれしそうに笑ってる。

自分の娘である僕のお袋と、孫のさっちゃんと、2人も身内を先に亡くして、ママさんの人生って何だったんだろうって、周りも、きっとママさん本人も思ってただろうけど、この写真の笑顔って、ほんとにいい。

向こう見ずに突っ走ってきたおかげで、ママさんに冥途の土産をぎりぎり渡せた。

僕、生まれてきて、ママさん孝行ができたなって、そのとき思ったんだ。

本書は書き下ろしです。

装幀　新潮社装幀室
写真　Jack Wild / Taxi Japan / Getty Images

僕(ぼく)とぼく

妹(いもうと)の命(いのち)が奪(うば)われた「あの日(ひ)」から

発　行　2019年 5 月 30日
2　刷　2019年 12月 20日

著　者　川名壮志(かわなそうじ)

発行者　佐藤隆信
発行所　株式会社新潮社
〒162-8711　東京都新宿区矢来町 71
電話　編集部　03-3266-5550
読者係　03-3266-5111
https://www.shinchosha.co.jp

印刷所　株式会社光邦
製本所　大口製本印刷株式会社

ISBN 978-4-10-352651-3 C0095